生命中最美的暖阳

王昂　著

北京日报出版社

图书在版编目（CIP）数据

生命中最美的暖阳 / 王昂著. -- 北京 : 北京日报出版社, 2022.1

（新时代散文）

ISBN 978-7-5477-4081-1

Ⅰ. ①生… Ⅱ. ①王… Ⅲ. ①散文集－中国－当代 Ⅳ. ① I267

中国版本图书馆 CIP 数据核字（2021）第 179951 号

生命中最美的暖阳

出版发行： 北京日报出版社
地　　址： 北京市东城区东单三条8-16号东方广场东配楼四层
邮政编码： 100005
电　　话： 发行部：（010）65255876
　　　　　　总编室：（010）65252135
印　　刷： 三河市嵩川印刷有限公司
经　　销： 各地新华书店
版　　次： 2022年1月第1版
　　　　　　2022年1月第1次印刷
开　　本： 880毫米×1230毫米　1/32
印　　张： 8
字　　数： 186千字
定　　价： 49.80元

自　序

日常我喜用文字去记录生活，用文字去解读困惑，这不仅仅是文字的整合，更是我情感历程的再现，是岁月更迭中走过的痕迹。多少个日夜，当别人都去游山玩水或者喝酒打牌时，我却“躲进小楼成一统”，一盏灯、一杯茶、一个人，如饥似渴地阅读名家经典著作，或坐在书桌旁、电脑前写文章，自由地在文字中徜徉、跋涉，也在文字中沉迷、陶醉。工作之余，把自己泡在文字里，如同进行一次阳光的沐浴，感觉通体舒畅。

写文章有乐更有苦，常常熬夜，要耐得住寂寞和孤独，而且还需要毅力，很多时候又不被人理解。像我这样经历和年龄的人，除了工作的繁忙和事业的专注外，这几年又正值父母老迈、妻病去世、孩子上大学等更为现实的问题，心情和思想都是在高度的紧张之中。想来在这种环境下，在繁忙的工作之余，能坚持写作，靠的是兴趣和乐趣，也有各种动力驱使的原因，其中一点便是通过写文章，使自己的心灵不再荒芜，使每日繁杂却朴素的生活更加充实。

我知道自己的文字很浅显，没有多少理性之光，也没有什么哲思之语，有的是唠唠叨叨，有的是家长里短，但我很用“心”。我喜欢用“心”来写作，像朋友之间促膝而谈，不求闻达，只求真实。我更知道在文学的殿堂里，还有许多深邃的思想、写作技巧和更多的知识需要我去学习去探索。在这累并快乐着的文学之路上，我将一如既往始终保持一种激情创作之态，努力打造更多更为用“心”的文字，为这人世间清悦绽放的温暖与美丽不息地讴歌。

2021 年初夏于江苏新沂

目 录

第一辑

亲情人间

特别的布鞋 …… 002
时间都去哪儿了 …… 004
写给参加“成人礼”的孩子 …… 007
父亲走了 …… 010
牵手和你一起走 …… 013
忙碌的一年 …… 017
岳母 …… 020
孩子上大学了 …… 023
父亲的家风 …… 026
乡村女教师 …… 029
在磨难中感受爱的深刻 …… 031
携手走过生命的寒冬 …… 035
生命中最美的暖阳 …… 039
求医记 …… 042
此情绵绵无绝期 …… 047

第二辑

故乡风物

故乡的新年 …… 056
思念月亮 …… 058
乡恋 …… 060
夏荷 …… 062
姑家的灶房 …… 064
与收音机相依的日子 …… 066
北马陵印象 …… 068
麻雀 …… 070
枣花 …… 073
楝子树 …… 075
老家土灶 …… 078
马陵山行思 …… 081
灰喜鹊 …… 083
苏北的冬 …… 085
棉是故乡白 …… 088
故土恋情 …… 091
温暖的牛哞 …… 093
腊月风景 …… 097
骆马湖畔我的家 …… 099
衣食住行里的故乡 …… 103

烟雨窑湾 …… 108
小河弯弯向南流 …… 112
观一个馆　懂一座城 …… 118
那段不能忘却的记忆 …… 120
故园木槿 …… 123
远去的碌碡 …… 128
诗意田园黄墩村 …… 132
韭菜滋味长 …… 135
最是家常绿丝瓜 …… 139
蒲草青青 …… 142

第三辑

书香盈心

买书 …… 146
打开记忆的闸门 …… 148
让书籍成为最好的奖品 …… 151
人生当有书卷气 …… 153
苦乐笔耕 …… 155
最是书香能致远 …… 158
淘旧书 …… 160
在书香中行走 …… 162

让读书成为一种生活方式 …… 165
用书香充盈人生 …… 168

第四辑

闲情逸趣

读玉 …… 172
玉瑕记 …… 174
品味收藏 …… 176
藏友百态 …… 178
逛花市 …… 181
乐在花钱集藏中 …… 183
佩玉于心 …… 186
孔雀和乌鸦 …… 189
巨魔和渔夫 …… 191

第五辑

人物写真

倾尽心血全不悔 …… 194
漫笔潇洒画人生 …… 196

古稀老人奥运情 …………………………………………………… 198
大爱撑起生命的蓝天 ………………………………………… 201
剪出生命的阳光 …………………………………………………… 207
醉心牡丹绘天香 …………………………………………………… 210
平凡人的奉献 ……………………………………………………… 213
走近苍老 ……………………………………………………………… 216
坦诚的刘昆 …………………………………………………………… 220

第六辑

牧笛短歌

面对党旗 ……………………………………………………………… 224
春天组歌 ……………………………………………………………… 225
与旭日同升 …………………………………………………………… 227
梅颂 ……………………………………………………………………… 229
春歌 ……………………………………………………………………… 231
长征 ……………………………………………………………………… 233
走进金秋 ……………………………………………………………… 235
你是一名建筑工人 ………………………………………………… 237
献给疫情一线的白衣天使 ……………………………………… 239

后记 ………………………………………………………………… 242

第一辑

亲情人间

特别的布鞋

如果没有顾小丽，或许我根本就意识不到那个教师节对我来说有什么特别的意义。

那是1991年我到新店小学任教的第一个教师节的前一天，我拎着一个水瓶到锅炉房打水。往回走时，一个莽撞的男孩一下撞到我的热水瓶上，滚烫的热水正好浇在我的右脚上，我的右脚被烫得红红的、火辣辣的并脱了一层皮。我赶紧到卫生室敷了一层药，然后就一瘸一拐地到教室里给孩子们上课了。由于家远，没有布鞋，硬皮鞋的后帮把我的烫脚后跟磨破了，一堂课下来，我疼得大汗淋漓……

第二天是教师节，没有放假，我也没有请病假，咬着牙坚持给学生上课。

“王老师，”当我一步一步艰难地向教室走去时，突然背后传来一个稚嫩的声音。我回头一看，原来是顾小丽，三（2）班的学生。只见她的手里高举着一个报纸包，“祝您节日快乐，早日康复！”说完她把报纸包双手递到我的手里，就羞涩地跑到班里去了。当我打开那个报纸包时，猛然呆住了，映入眼帘的竟是一双特别的布鞋和一封简短的信。

信上说，王老师，我看您跛着脚给我们讲课怪难受的，就叫我妈卖了两只兔子给您买了一双软底布鞋，鞋后帮我已经给您铰掉并改制好了，您穿上讲课一定合适，您试试吧。不知何时，我已泪流满面了……

上课铃响了，我顾不得擦掉脸上的泪赶紧换上布鞋走进教室。真奇怪，穿上这双特别的布鞋我的脚一点儿也不感到疼痛了……

现在我早已调离了那所乡村小学，但每到教师节，我都会幸福地想起那双特别的布鞋，想起那个叫顾小丽的普通女孩。尤其在我教学中感到苦、累，产生松懈思想的时候，我就会拿出那双特别的布鞋看一看，它总是无声地给我鼓励，给我信心，给我力量。

（原载 1997 年 9 月 9 日第 1063 期《彭城晚报》）

时间都去哪儿了

默默凝望着躺在医院病床上的父亲，胡须、眉毛都如头发一样，白了，人老了，一切都呈萎缩趋势，唯独胡须、眉毛茂盛得像夏天山沟里的草。嘴瘪下去，颧骨耸起来，眼睛眯缝着，偶尔睁开张望什么时，里面一片混浊，像暴雨后的水坑。父亲的目光除了痛苦、茫然，还掺杂着一些无奈、无助，甚至有一丝求助，每当这时，我赶紧躲开和父亲对视的目光，生怕难以抑制的泪水会夺眶而出。

自从进入老境，父亲的身体每况愈下，先是腿脚不便，骑了几十年的自行车再也跨不上去了，去年又从床上跌下来，髋骨骨折，卧床几个月好不容易刚能挪步，今春又从椅子上滑落下来，经诊断，乃脑梗塞。由于脑梗塞、脑积水、脑萎缩、高血压、肺感染等众多疾病的侵袭，父亲耳朵聋了，眼睛花了，思维乱了，话说不清楚了，必须俯身到嘴边，才可以猜知他在嘟囔些什么。饭吃得很少，一吃就呛，随时有吐出来的可能，要靠许多水和营养液维持生命。

白天挂水躺了一天，夜晚的父亲常常焦躁不安，总是翻来覆去睡不着，不时蹬掉被子，要人给他翻身，要人把他扶坐起来，要人帮他穿上鞋子下地走走。其实他哪能走啊，也许这次跌倒他再也不会如前几次一样能重新站立起来了。身体各项机能的衰退常让父亲尿湿了床单，他却浑然不觉。刚刚侍候完睡下，蒙眬欲睡时又听见他的咳痰憋气声和气喘呻吟声……望着惨白灯光下被病痛折磨得疲顿不堪的父亲，我的心揪在一起，有一种无法形容的痛。

父亲病情未加重之前，对我们兄妹说的最多的是，你们赶紧回去，别耽误了工作，好好把家和孩子照顾好。在他看来，他年老生病以后，拖累了我们，影响了我们的工作，耽误了家和孩子，可他并不知道，我们最怕的却是他离我们而去，让我们变成没有父亲的孩子，虽然我们已经老大不小了，只要他在，我们永远都是有人呵护的啊。

在我的记忆里，父亲虽然个子不高，却是家里的顶梁柱，是无所不能的代名词，就像一棵大树，总是默默地用坚实的臂膀为我们遮风挡雨。我们小的时候，一家七八张嘴，年年欠生产队的口粮款。为了少欠一点钱，父亲长年累月拼命劳作。当时父亲在县城粮库里有份工作，不论严寒酷暑，他经常在别人的梦呓声中就骑上车子到离家六十里外的单位上班了，然而一个人的工资在家庭的重负面前总显得那么微薄。为了补贴家用，他工作之余尤其是病退之后，又种起了地、养起了牛，看着他起早贪黑施肥浇水收种庄稼、顶风冒雨赶牛耕地挑草堆垛时的架势，感觉父亲的生命力多么旺盛，总觉得他可以一直这样忙碌下去……

然而现实是那样的残酷，就像有位歌手在《时间都去哪儿了》中唱到的："还没好好感受年轻就老了。"不知不觉，父亲步履蹒跚需要拐杖来支撑，再也看不到当年大步流星走路的样子了；吃饭时拿筷子的手总是颤抖，再也寻不到当年端起酒杯一饮而尽的影子了；说话时吐字不清，再也觅不到当年声如洪钟的踪迹了；更永远不会有下班给我们带小人书、工余骑车带我们赶集、闲暇领孙子们买零食的美好时光了。

花开花落，一年又一年，父亲的时间都去哪儿了？除了工作、生计，当然都用来顾家、照看孩子了。如今，父亲老了，年迈和疾病使他仿佛又变成了一个时刻需人服侍的老小孩，我们唯一能做的，就是趁他还在，还有机会好好照顾他，把他疼爱我们的时间再反哺给他，就像他当年无微不至地呵护我们一样，陪他走好人生最后的路途，让时间在爱的生命里轮回。

（原载 2014 年 3 月 25 日第 963 期《新沂市报》）

写给参加“成人礼”的孩子

孩子，当你告诉我，学校周日举行“成人礼”时，我的心情久久不能平静，虽说天下父母都盼着孩子快快长大，虽然你离真正的“十八岁成人”还有十六个月，但这一刻真的来临，我的心情却是复杂的，满脑满眼浮现的都是有关你成长的点点滴滴、场场幕幕……

和你妈喜结良缘时，我已二十四五岁，刚踏上社会，微薄的薪水，既要回报父母，又要想方设法维持居无定所的日子。尽管生活艰难，我和你妈还是盼望早生个孩子。由于你妈身体不好，一年、两年、三年，最后，我和你妈到处求医问药，此间你妈先后动了一次大手术、三次小手术，吃了无数剂苦药，终于在我们几近绝望的一个冬日，把你盼来了。

历经十月怀胎的折磨，偏偏又遇难产。“儿奔生，娘奔死”，你妈不得不又一次痛苦地躺到生死边缘的手术台上。我提心吊胆地站在手术室外担惊受怕地熬了三四个小时，终于迎出渴盼已久的你。出院后，全家人都围着你转。晚上我和你妈从未睡过一个安稳觉，一会儿哄你，一会儿给你奶喝，一会儿给你换尿布。几个月下来，你日渐成长，我和你妈却都分明瘦了一圈。

你出生的时候，我已调进县城工作，而你妈还在六十多里外的乡村小学教书，因两地分居，工作繁忙，产假一结束，我和你妈只能忍痛割爱，把你寄送到几里外的你姥姥家。这样，一家三口，分居三地，只能周末回家团聚一会儿。你不在我们身边的日子里，我们常因想你而失眠，担心你冷了热了渴了饿了。有一回，你闹肚子，腹泻不止，到了晚上竟然虚脱了，于是赶紧连夜赶往县城医院。那天我们一整夜都没合眼，生怕你有什么闪失，直到第二天你逐渐康复时，我们才松了一口气。

我和你妈终于结束了长达六年之久的牛郎织女生活，你也到了上学的年龄，开始与爸爸妈妈一起生活的日子。我和你妈都出身农村，童年少年饱尝了生活的艰辛，正因如此，我们都不希望你在生活上有稍许的不如意。记得吧，你喜欢名牌球鞋和服装，任由你挑；你喜欢手机和电脑，也都得偿所愿。忘了吗？那些春天里全家去公园踏青、夏日里一起去游泳馆游泳、秋天里去老师家学二胡、冬日里到道馆练跆拳道，还有每年陪你庆生聚餐照相的日子！

你也是个乖巧听话让大人省心的孩子，从幼儿园、小学到中学，不论是学习成绩，还是行为准则，都有老师的赞扬声，小学时就拿到二胡十级、跆拳道红带，初中成绩一直位居年级前列，尤其是进入高中后，你努力克服在语文、英语等方面的不足，身高和学习齐头并进，一晃变成一米八的大个子了，学习和考试也接连实现几个大的突破……

孩子，成人固然是件值得庆贺的事，但这也意味着你今后对自己所做的事情要担当后果了。你可以在一夜之间完成你的成人礼，但成熟不可能一夜之间完成。未来的人生之路，漫长而丰富。今天，借你即将参加成人礼之机，把你过去不知道或一些熟视无睹的事情告诉你，是为了让你能铭记这段成长岁月，常怀感恩之心，善待父母、长辈、老师和所有帮助过你的人，并凭借智慧和本领践行自己的理想，相信你通过一如既往地努力，一定可以一步步踏出属于自己的生命精彩！

爱你的爸爸、妈妈

2014 年 5 月 9 日

（原载 2014 年 5 月 20 日第 985 期《新沂市报》）

父亲走了

新年本是个喜庆的日子，可对我来说却是一个悲伤而刻骨铭心的日子，因为敬爱的父亲就是在2015年的新年早上走完了他八十六岁的人生历程的。父亲走了，走在这个寒冷的冬天。父亲走了，没有留下只言片语，更没有一点嘱咐，尽管我们对他那么依赖，可他还是丢下我们走了……

父亲个子不高，不足一米七，还瘦瘦的，是个很普通的粮食系统工作人员。记得那是二十世纪七十年代中期，父亲在基层粮管所担任所长。现在看来那是一个不是官的小官，但在那个粮食如金的年代，能负此责也绝非易事。为了管好公家的粮食，他下雨往外跑，怕粮食遭雨淋。收公粮时，他经常下村入户，早上早早出去，晚上到天黑才回来。每天下班前，他总要将所内外细细巡查一遍，检查门窗关锁情况，发现有散落的粮粒儿，都要仔细清扫起来过筛挑净后倒进仓里。有的同事见他这样忙，就劝他说，公家的事是你一个人能做得了的吗？何必这样上心呢？父亲总是说，我就是这么个人，不论干什么事，都要认真去做，要对得起自己的良心。由于父亲的执着负责，父亲管理的粮库总是安然有序，因此，父亲多次被评为县先进工作者，后来还被评为省劳动模范。

当时，父亲工资不高，母亲没有工作，阶梯似的六个孩子的家庭重担全落在了父亲一个人的身上，但父亲从没有因为劳累而埋怨，没有因为劳累而发一次牢骚，总是心甘情愿地为我们、为这个家默默奉献着他的能量和爱。为了让孩子们尽量生活得好一点，父亲想尽了各种办法。记得上初中时，由于经济和布票紧张，父亲就将化纤布化肥袋子拆开来染色后给我们做衣服穿，而他自己则常年穿着一件洗得发白的灰棉布中山装，尤其是内衣往往补了又补，很少换新的。每当有一点好吃的东西，父亲都是第一时间给我们送回来，从不舍得尝一口。每次从县城回来，父亲都会给我们带本连环画或笔记本什么的，使我们的精神生活并不因物质的困乏而单调贫瘠。

由于上班时年复一年的劳累，父亲五十岁左右就病退回乡了。忙忙碌碌的日子一停下来，父亲还有些不习惯，他就又买了一头牛养起来，再次当了一名地地道道的农夫。寒来暑往，父亲每天和他的牛早出晚归，不是拉车就是耕地，那牛总是用头拱地的姿势往前奔走，套在脖子上的牛绳勒出深深的印痕也不吭一声，而父亲则一直吃力地弯着腰，或掌车把或扶铁犁，深一脚浅一步地朝前迈进，脸上的汗珠成串地跌落进泥土里。在父亲的精心侍弄下，家中的几亩田地和菜园小院总是“物产丰富”，我们便也经常能吃到父亲亲手种植的很多蔬菜粮食、饲养的鸡鸭禽蛋，使并不宽裕的日子过得充实而有滋味。

随着岁月的流逝，我们渐渐都长大成人了，而父亲却变成了白发如霜的老人，在卧床三年备受病痛折磨的母亲离我们而去后，孤单的父亲更一天比一天苍老了，牙齿掉了，走路蹒跚了，农具挥不起了，车子骑不动了……我们做儿女的整天唱着“常回家看看”，却因所谓的忙，而很少兑现自己的诺言，但年迈的父亲并不怪我们，反而常打电话来关心我们的工作、生活和孩子情况。进入八十岁以后，父亲的身体状况更每况愈下，肺气肿、脑梗塞、高血压、脑萎缩等众多疾患一齐围攻起父亲来，特别是一次跌倒腿部骨裂后，父亲再也不能行走了，历经一年多的卧床后，我们只能眼睁睁地看着病魔慢慢耗尽父亲最后的气力……

父亲的一生很平凡、很平淡，没有什么惊天动地的事迹，没有给我们留下什么经济上的财富，可是父亲却把他那善良的胸怀、认真的作风以及对儿女的挚爱深深烙进了我们心里。尤其是他那种“不论干什么事，都要认真去做，要对得起自己的良心”的观念，犹如土壤里的养分滋润着禾苗成长一样，潜移默化，时时指引着我们做人做事。

父亲走了，走到很远很远的地方再也不回来了，但他永远走不出我的心坎！

（原载2015年第4期《江苏粮食》）

牵手和你一起走

很多时候，爱，说不出来，就蕴藏在日复一日、年复一年的点点滴滴琐碎生活中。

——题记

（一）

二十世纪九十年代初，我和妻都分配到骆马湖畔的一所乡村小学任教。虽然有小学同班五载、同事三年的经历，但老实而传统的我们依然是在一位老教师的牵线下才走到一起的。

初恋时，从未给过妻任何贵重的礼物，妻也从未有过任何奢侈的要求。一片叶脉书签，一朵树上飘落的花瓣，一个手制的钥匙扣，一串纸编的风铃，都传递着我们之间的爱意。一次我实在过意不去，拉着她来到县城一家让人眼花缭乱的首饰柜台前，想给她买一枚戒指。可她捂着我口袋里的钱说，她不要什么戒指，只要那份心意就足够了。她知道我囊中微薄的工资分量有多重，双方都出身并不富裕的农家，双方父母都年迈、身体都不太结实，很多地方都要用钱……

在经历平淡无波、宁静如水的简短相恋后，1993 年一个平平常常的冬日，我们走到了一起。没有鲜花，没有录像，没有金银首饰，没有婚纱照，只有朋友与亲人的祝福，寒风中，一辆普通轿车把妻接到了家。当时乡村学校住房紧张，我们在老家的一间小屋里度了蜜月。没有什么时髦的家具，但自制的红色剪纸将小屋布置得喜庆而温馨。

婚后的我们依旧清贫，因为接踵而来的现实需求越来越多，我们根本没有多余的钱去添置首饰等任何不必需的东西。但物质的匮乏，并没有使我们的爱情贬值。何况，两人手牵手地漫步，一起做饭看电视，都是些平常而美好的日子，并不需要支付大额的账单呢！

（二）

由于老家离学校较远，工作不方便，蜜月一过，我们便从老家搬出，在学校附近租了别的单位的一套房临时住着。租的房子虽宽，但“娘家好过，不是久留之地”，且房租不菲。住了一年多，正巧单位一位老师调走，腾出两间带小院的小屋，我们以踏实的劳动和辛勤的汗水在众多竞房对手中脱颖而出，获得了居住权，并且一住就是七八年，就连可爱的儿子也出生在那个狭小的世界里。

单位这两间房子别看其貌不扬，年龄却与我们差不多大，有近三十个春秋了。房子也实在是不大。因为窗户小，外面阳光灿烂，屋内却几乎伸手不见五指；因为近水沟，外面空气燥热，室内却四壁皆渗水滴。一张书桌，吃饭、学习、备课，还兼作灶台。但是我们很知足，依然幸福得流光溢彩。

假期，我给班里学生义务补习作文，妻在家里给我做好饭等我；周末，她带学生远足野炊，我骑着车子载着物品做好后勤。工作之余，我喜欢“爬格子”，妻就坐在一旁陪我，有时因陋就简为我增加点营养，有时也帮我构思、誊写点什么。妻思考教育论文时，我也关掉电视为她出谋划策。读书眼累了，写字手酸了，偶尔抬头对视一眼，心里便有一种踏实的感觉，所有烦躁与困倦都会因这种感觉而消失……

（三）

婚后第三年，我调到县城小学，妻仍在六十里外的乡村小学。从此，我们开始了漫长的两地分居生活。

当时孩子还小，正是增进营养、开发智力的关键时刻，但因两地分居、工作繁忙，我们只能忍痛割爱将孩子寄送到几里外目不识丁的孩子姥姥家，然后南下北上各自奔赴工作岗位。平时，一家三口，分居三地，只能周末回家团聚一会儿。倘遇单位加班，那短暂的相聚也只能眼巴巴地付之东流。

因两地分居，家中的家务活我几乎无暇顾及，妻在乡村小学一边扎实工作，一边默默独挑着生活的重担。她常常自己气喘吁吁、一步一停地搬运煤气、煤球，小心翼翼、力不从心地修理电灯线，并且把每月有限的薪水计划成柴米油盐，还得节省每一分钱，给年迈多病的公婆及父母买吃、买穿、买药，给幼小的孩子买好吃的、好玩的。由于过度劳累，妻原本壮实的身体逐渐虚弱了，几年来，她先后做过切除腹内囊肿、剖宫产、急性青光眼等大手术。在妻生病的日子里，我白天聚精会神带好班级、教好课务，晚上衣不解带给她喂药、帮她康复。妻见我如此辛劳，常常满怀歉意，我总是说，“人”字的结构就是相互支撑，既然有缘牵手一起走，两个人就该同甘共苦、共担风雨，你不更为这个家付出了许多许多吗？

相聚的时光总是短暂而易逝，我们都倍加珍惜。妻偶尔到县城听课，会主动展示自己的拿手饭菜，并把我的朋友邀请到临时小家做客，满足我“晒幸福”的小小“虚荣心”；而我周末到乡下小家时，更主动承担起“家庭妇男”的临时重任，让平时工作劳累、神经高度紧张的妻有机会放松一下，享受一下

"一站式"服务的"小奢侈"。在更多相思相望的时间里，我们会在特殊纪念日、季节转换等时机，出其不意为对方寄送一些小礼物、生活用品等，让暖暖浓情始终洋溢心间。

2001 年 8 月，经上课、面试等层层选拔，妻终于调入县城小学，两地分居达六年之久的我和妻彻底结束了牛郎织女的生活，过上了安定、团聚的日子……

走过漫漫岁月，历经世事沧桑，才明白，对一个人来说，最幸运的事不是财富，不是权位，而是拥有一个相知相惜、相濡以沫的爱人。这份爱可能不浪漫、不华丽，但只要两颗心紧贴在一起，风雨中牵手同行，坎坷中携手共进，哪怕顿顿吃水煮白菜，都让人无比开心美味呢。

（原载 2015 年 10 月 10 日第 1188 期《新沂市报》）

忙碌的一年

时光飞逝，日月如梭。转瞬间，一年的岁月又从我忙忙碌碌的身影中逝去。站在新年的门槛前，回首2015这一年所走过的路、所经历的事，又可罗列一大筐……

这一年，工作充实。在单位里我主要负责机关文秘和理论宣传工作，涵盖计划总结、领导讲话、信息调研、理论宣讲、党员冬训、学习型党组织建设和中心组学习等，而科室人手少，从党委中心组学习到个人自学，从学习型党组织建设到基层党员冬训，从计划制订到活动安排，从督促检查到总结汇报，时时刻刻让人不能放松神经。一会儿是总结汇报材料，一会儿是信息调研稿件，往往还未来得及收笔，临近下班又接到通知，晚上只好再废寝忘食。有时得一点儿空闲，脑海中还在时时浮想文稿中的某一个字、某一个词或某一句话，或者思考一次理论宣讲的流程细节，有时会为一篇文章标题或段落首句通宵难眠，有时又为一次活动安排没有理清头绪而焦躁万分。无休无止的文字材料，接连不断的各类活动，常常扰乱我的生物钟。但是，“位卑未敢忘忧国”，总觉得不能辜负自己的职业良心和领导关怀、群众期待，为了想方设法做好自己的本职工作，我把别人喝咖啡的时间都用到了工作上。忙碌与压力时时伴随着我，但收获与成果也常常激励着我。一年来，科室的信息宣传工作获得徐州市级表彰，党员冬训工作获得省里奖励，本人也被单位评为年度优秀员工。

这一年，学习尽心。理论宣传是做人的工作，建树的是理想信念，建构的是精神家园，要求别人真学真懂真信真用，自己首先必须做到。己之“昏昏”，焉能使人之“昭昭”？为了防止己之“昏昏”，我利用一切业余时间读书“充电”，除了读自己喜欢的文学名著外，还坚持啃政治理论文章及宣传工作经验，不论是省市宣传工作年鉴还是报刊网络上各级领导的宣传思想工作论述，我都认真研读。经过一年坚持不懈地学习积累和实践锻炼，我的业务理论水平不断提升，先后在国家、省市级报刊上发表理论宣传文章三十多篇。7月，自己二十多年来发表、获奖的二百二十余篇感悟随笔等还被徐州市作协选辑成册，以《洋槐花开》为名收入《舞动汉风——徐州作家精品文丛》第二辑，由江苏凤凰出版社出版并在第五届江苏书展上推出。

这一年，生活有憾。年初，老父病逝。父亲住院、去世期间，正值全市党员冬训轰轰烈烈开展的日子，这项工作一直是自己所在科室在具体落实，在这关键时刻，为了把冬训工作的细枝末节尽可能想得周到，把需要准备的材料尽可能准备周全，把日常开展的工作尽可能归类整理，我只能晚上多抽时间到医院陪侍父亲。看着哥嫂姐妹们为父亲熬黄的脸、熬红的眼、熬瘦的身体，我深感自己做得太少。妻是一名小学教师，教两个班数学还做一个班的班主任，每天做计划、备课、上课、改作业、搞各种校内外活动、家访、帮教后进生，忙得连喘口气的工夫也没有，本年又是儿子冲刺高考的关键之年，由于我忙于工作，家中的家务活、与孩子的交心交流等几乎无暇顾及，生活的重担差不多全压在妻一个人的肩上。虽然家人对我的工作很理解，从未有过半句怨言，但越是这样，我心里越过意不去，多少个夜晚，我辗转反侧，默默忍受着对父亲、对妻子、对孩子的深深愧疚……

一年又一年，日子就这样匆匆而过。成功、喜悦、遗憾、悲伤，这些元素交替在一起，不断上演，织成一部五彩缤纷的生活剧。这一年，虽然工作、事业上并没有如有些人追求的所谓升官发财，但我并不后悔，感觉每一步都走得踏实稳正，每一天都过得心安理得。新的一年又将会怎样呢？我想我只要一如既往地珍惜每一日岁月光阴，做好每一件点滴小事，扎实走好每一周每一天，来年绝不会差。

（原载 2015 年第 12 期《徐州党建》）

岳母

岳母已近七十岁了，脚大手大，皮肤黑，脸上还留存着些许过去岁月的瘢痕。岳母没读过什么书，斗大的字也识不了几个，用目不识丁形容她毫不为过。但就是这样一个普通的农家妇女，却用自己的勤劳、善良，赢得了大家的尊重。

由于岳父生活不拘小节，嗜烟好酒，五十多岁就得了肺气肿，什么重活也干不了。岳母像许多农家妇女一样扛着全家老小的吃穿，扛着村边湖畔那几亩薄地。岳母种田舍不得用孩子们，只求孩子们好好读书，结果家里的农活几乎全揽在她一个人身上。岳母有关节炎，经常腰腿疼，冬天、阴天尤甚。就是在这样的情况下，岳母犹如燕子衔泥，一点一点积攒劳动所得，即使在过去艰苦的岁月里，岳母家的几个孩子也没饿着。

岳母每天早上的活很繁杂，要洗锅、淘米、煮饭、熬粥，还要扫地、照料病重的岳父……她常常是将米下锅后，又去挑水、浇菜，顺便还收拾一下园地。早晨的菜园由于露水，青辣椒、绿豆角、紫茄子、西红柿显得格外耀眼，但有时雨水少，这些贪长的蔬菜们常要早晚都得浇上一遍透水。岳母拿起锄头锄一会儿杂草，然后摘一些一天要吃的菜，一桶一桶给菜地浇完水，然后才回家。这时，火红的太阳已经很炽烈地照在她瘦弱的身上了……

和妻结婚后，我调到县城工作，妻独自一人在乡下教书，由于教务繁忙，带孩子的重任就也落到了岳母身上。在上有近九十岁的婆母、身边有老病缠身的丈夫，还有好几亩田地的情况下，岳母每天一把屎一把尿为我们带着孩子，一带就带了四年多，直到妻和我调到了一起。

家搬到县城后，岳母经常给我们送一些平常自己舍不得吃的土鸡蛋、香椿芽等。这些东西虽不值什么钱，但岳母认为是自家鸡产的蛋、自己地里长的菜，吃着放心。为了送这些东西，岳母先要骑三轮车到好几里外的镇上，再坐六十多里的公交车，到县城还要走好远的路才能到我家。因记挂着家、记挂着田、记挂着嗷嗷待哺的鸡鸭鹅猫，每次进城，岳母从不在我家喝口水，把东西交给我们后，就赶紧满头大汗地匆匆赶回去了。

每逢年节买点鱼呀、肉呀回家看望老人，都见岳母在院里、田里不是打水，就是拔草，再不就是上肥，并常指着满地的玉米、豆角、黄瓜、西红柿等跟我们说："我想吃啥就摘啥。你别给我拿肉拿鸡的，我不爱吃。割把韭菜，炒个鸡蛋，好吃着哩。"其实，岳母不是不喜欢吃鱼肉，谁不爱吃呢？她是知道我们这些乡村人在城里过活不容易，怕我们乱花钱。

岳母心地善良。每次在街上遇到伸手要钱的残疾人，她都要多少施舍一点。邻家孩子小，若忙不过来了，她就替邻居看小孩，当"临时保姆"。骑三轮车看到路被车轧坏了或被雨水冲坏了，只要坏得不大，她总要拿铁锹及时给修补好。邻居有位孤寡老人，每逢年节买点鱼肉、炸点丸子，她总要做好给送一份过去。

浆洗缝补，烧锅做饭，饲鸡喂猪，照顾老人，心里还牵挂着庄稼、儿女……岳母就像众多的农村女人一样，如一盘石磨，不停地转着、转着，用自己不歇的脚步吃力地碾磨着并不轻松的生活。每次见到岳母，总见岳母一次比一次更黑更瘦了，腰也比以往更弯更曲了。读着岳母日渐弯曲的腰，我仿佛觉得那是乡村上空的一道虹。虹只会在雨后短暂出现，而岳母的虹，却一直架在岁月的河流上，连着每个儿女的心，成为儿女跨越困难和挫折时一道有力的桥。

（原载 2016 年 5 月 17 日第 1278 期《新沂市报》）

孩子上大学了

终于把孩子送到大学去了，按理说应该放松一下神经、歇一口气了，可静下心，却不由自主地生发出淡淡的感伤和隐隐的失落。从呱呱坠地，到牙牙学语，从步履蹒跚，到进入校园，孩子成长的点点滴滴不禁一下子涌到脑海中……

四岁开始上幼儿园，看见孩子小小的身影踟蹰着晃进校门，欣喜的同时又有点小小的酸楚。六岁上小学，孩子逐渐呈现出独立的人格，稚嫩的脸上显露出些许矜持与沉稳，学习虽不是出类拔萃，但一直很让人省心。十二岁上初中，学习任务逐渐增大，但孩子每天早中晚还准时回家与我们一起吃饭。十五岁上高中，离家渐远，每天早早出门，晚上很晚才回来，简单洗漱后便关门学习，连说话的机会都不多，但我和妻尽力保持着生活的平常，以舒缓孩子的学习压力。

孩子高考考得没平时好，大学志愿填报了好几所大学，最终却被远在东北的一所大学录取了。临近开学前一周，我们忙着给孩子准备这个准备那个，生怕落下一样东西孩子到那边就会不方便，毕竟一个第一次出远门的孩子，毕竟一个人要在数千里外的陌生地方至少生活四年啊！然后，挤火车、赶公交、坐地铁、蹲车站，经过近一周的来回奔波终于将孩子送到学校了，但心也似乎跟着孩子走了。

虽然我们知道，爱孩子的最好方式，就是“放飞”孩子，让孩子自由翱翔，只有这样才能让孩子闯出一片属于他自己的天地，找到更开阔的生活空间。可有些感觉，真的不由自己啊！

孩子生性老实，甚至有些腼腆，不是那种很放得开的人。或许是我想得太多，但面对这复杂的社会，那么多未知的因素，谁又能真的安心呢？在我心里，总觉得孩子还小，总拿他当个小孩儿，总感觉他不会照顾自己，担心他身体怎么样，担心他吃饭怎么样，担心他情绪怎么样，担心他学业怎么样，担心他与人相处怎么样，所以总是不停地嘱咐，仿佛只有这样，才能稍稍放心些。

送走孩子回家后，我忍不住去他房间看看，孩子习惯关着门开空调的房间现在无言地敞开着，整理着他桌上的书籍和学习用具，折叠着留有他鲜明气味的被褥，回想着仿如昨天的往事，心里酸酸的。过去孩子在家，即使一言不发，也觉得很欢乐、很热闹。现在孩子不在身边了，感觉一下子冷清许多，心里空落落的。

其实，孩子并非从未远行，可那是短暂的离和长久的聚，现在孩子上大学了，从此将是短暂的聚和长久的离，我们将不得不学会适应孩子不在眼前的日子。大学期间，孩子一年也就回来个两三次，可能回来打个照面，就忙着和同学朋友聚会去了；大学毕业，孩子也许会在远方工作，一年更难得回来几趟；再往后，孩子结婚了，有了他自己的孩子，回家来的时间可能更少、更少……想着，想着，只觉脸上热乎乎的，泪已落下。

父母的心永远在孩子身上。远方的孩子，你可曾感受到爸妈的牵挂？就让爸妈把嘱咐的话语装进电波，洒进你心里吧：无论前行的路上有没有爸妈陪伴，无论遇到鲜花还是荆棘，你都要理性面对，尤其是当你能够独立面对困难战胜困难，你就会发现，什么是自信，什么是勇气和超越，什么是不放弃、不气馁和永不言败……爸爸妈妈相信你永远是最棒的，一定会在新的征程上踏出属于自己的精彩！

写在孩子 2015 年秋升入大学之际。

（原载 2016 年 9 月 6 日第 5390 期徐州《都市晨报》）

父亲的家风

自我上学识字起，就记得父亲在家中大门上常贴的一副对联是“忠厚传家远，诗书继世长”，而每次贴，父亲总把我们姐弟几个叫到大门前，指着门上的对联给我们讲解一番。那时由于年幼，还不太懂这副对联的意思，也不知道父亲为什么每年都要贴这样的对联。后来随着年龄的增长、阅历的增多，才渐渐明白了这副对联的含义，也慢慢理解了父亲的一番苦心。

我家是一个普通的农村家庭，世代以农耕为生，虽然当时父亲在粮食部门有些事做，但工资低微，再加上家中人口多，耕种的土地往往收成不足、入不敷出，每年都要借些粮食才能度过那段青黄不接的日子。不过，不管生活如何窘困，不论粮食如何珍贵，父亲从不失信，他认为，做人要厚道，要知恩图报，特别是对曾经帮助过自己的亲戚邻里他一直铭记在心，每到收获季节，父亲做的第一件事就是先还掉借的粮食，从不拖欠。记事以来，我曾多次陪伴父亲带上礼品去看望在我家困难时出手相助的亲朋好友，也曾目睹过父亲为上门乞讨的人端凳、盛饭、赠衣的情景。

损人利己、损公肥私的事绝不能干，这是父亲常说的一句话，也是他身体力行的一句话。在负责一所乡镇粮管所工作时，父亲每天经手签字的钱款很多，但他从不眼红，二十多年来没在自己身上花过集体一分钱。有次交公粮时，有个本家哥哥耍起小聪明，想占点公家的便宜，他往粮食中掺了许多沙土，并把掺了沙土的粮食藏在中间，躲避抽检验质。这事不知怎么被父亲知道了，父亲把这位哥哥狠狠批评了一顿，并让哥哥冒着酷暑把整车粮食重新筛检了一遍，才过关。很多人认为父亲在粮管所工作，自家卖粮一定“近水楼台先得月”，但实际上是，父亲为了控制水分，总把粮食晒了一遍又一遍。

除了忠厚，父亲还特别崇尚读书。父亲虽然文化不高，却把读书看作头等大事，直到晚年八十高龄，还坚持每天读书看报。他认为，不论什么年代，上学的就永远比不上学的强。没有文化，就永远不会有大出息！以前家庭生活条件普遍不宽裕，很多人家常常因为交不起学费东家借西家赊的，我家也不例外，但父亲总是克服一切困难想方设法让我们姐弟几个都上学。为了提高我们的学习兴趣，他还经常省吃俭用攒下钱来给我们买课外书……靠着一双勤劳的双手和坚韧的臂膀，父亲使我们姐弟几个后来都各自圆了上学梦，走上了工作岗位。

和这世上绝大多数的父辈们一样，父亲一辈子平平凡凡，没有做过什么惊天动地的大事，也没有给子女创造多么丰厚的物质财富，但他崇尚读书、忠厚为人的作风，有如土壤里的养分一样，潜移默化地滋润着我们成长。在父亲的言传身教影响下，我们姐弟几个都把“忠厚”看得比天大。姐姐参加工作后，在一所偏远的粮管所当出纳，每天都和钱打交道，多年来不仅一分钱没多拿过，还经常因为有的人来买粮食时少带了几分钱、几毛钱自己给垫付一些。我走上工作岗位后，不论是在乡村教书育人还是在机关搞党的理论宣传，都兢兢业业、笃实勤奋，从不因私事影响公事。

“忠厚传家远，诗书继世长”，父亲把他一生的经验和心得都浓缩在这副对联里，年年写，岁岁贴，他是希望我们秉承这种风气，做一个堂堂正正、忠厚本分的人啊！现在父亲离开我们已多年了，我们姐弟几个也早都成家立业、结婚生子了，但逢年过节，我们姐弟各家还都不约而同地把“忠厚传家远，诗书继世长”写到门上、贴在墙上，并学着父亲的口吻给孩子们作讲解，虽然有时孩子还小还不太懂，不过我相信，随着时间的推移，孩子们终究会懂的……

（原载 2017 年第 6 期《江苏粮食》）

乡村女教师

她的面孔我很熟悉，但我不认识她，更不知道她的名字。她的家住在十几里外的镇上或是住在其他什么地方，我不清楚，只知道她是村上那所小学的一位乡村女教师，每天从我家门前过来过去。

她每天从我家门前的这条乡村小路上来去，多数情况下骑车，阴雨天就步行来回。她身材瘦削，脸色黄白，看上去顶多不过四十岁，本来似曾有过一身使不完的劲，但现在终究劳累了，她的背影里泛出阵阵疲惫的色彩。

她的身上似乎从来都凝聚着一层紧迫的氛围。也许在她眼里，条条乡村小路就像根根绷紧的弦，她则像一个活跃的音符，日日在上面跳跃着来去。往往撑得鼓鼓的书包，总是沉重地挂在车把上、车篮里，书包里常常满满地溢出课本或学生作业一类厚厚的一角来，看得出她的节奏紧张而又热烈。

有好多次，我见她一面骑车一面吃着早点，我想她今早一定是太匆忙了。或许她昨晚备课备得时间太长了，不慎今早起得迟了些；或许她今早起来后，孩子生病，待她把生病的孩子送往医院，回来时已晚了；或许她不得不抽空利用早晨时间和丈夫把地里仅剩她一家未施肥的庄稼施完化肥……为了不耽误学生的功课，她只好耽误了自己的早饭。

我目送着她，我知道这一天一定还有好几节课等她去上，有好几个班的作业等她去批，有好几篇教案等她去写，有好几个班级活动等她去辅导……她追赶着时间，时间也追赶着她。在这条路上，在同一段距离内，她每天进行着数次重复，无论阴晴雨雪，无论春夏秋冬。

作为一名乡村女教师，她一定认真凭良心做着她每天能做和该做的一切。不过她有时一定也会遇到烦恼。一天她同一女伴并肩而行，能听得见她不停地抱怨，从家务劳作到物价涨跌到工作纠纷到学生顽皮，不一而足。虽然她满腹牢骚，但她丝毫没有放慢脚步。我料定她到了学校或是到了家里，她立时会忘掉路上的一切怨气，投入工作，投入劳动。对于她，每天都是一个充实的劳动日。

村前的这条小路并不算长，但一年一年走起来谁也不能小觑它的短。走在这条路上的，她只是众多乡村教师中普通的一个。读着她整日为乡村孩子默默忙碌的身影，太阳和月亮似乎也被感动了，于是每天早晨或晚上，总有一轮明亮的太阳或皎洁的月亮照在她前行的路上……

（原载 2017 年 9 月 12 日第 1475 期《新沂市报》）

在磨难中感受爱的深刻

农历丁酉年春节刚过，中小学开学的第一天，本是一个平凡的日子，但对我家来说，却是一个刻骨难忘的日子。就在这一天，妻被检查出患有乳腺癌。“癌”这样一个字，无论出现在哪里，都是让人心惊的。医生告诉我的那一刻，我脑袋里当时“嗡”的一下一片空白，感觉天都要塌了。

妻是一名小学教师，与大多数女性一样，平日将所有的精力都放在了工作和家庭上，年近五十，既操持家务，默默地承担着为人妻、为人女、为人母所应承担的一切，在学校里还带两个班数学、一个班班主任。妻工作认真，业务扎实，所带班成绩总是年级数一数二，是个公认的“老黄牛”似的人物。听说她生病了，很多同事及她所带班级的学生、家长等都感到惊讶、惋惜、难过。

突如其来的癌症，将妻原本斗志昂扬的生活计划打得粉碎，也将她的信心击碎。“怎么会是我？命运为何对我如此不公？”“我能否挨到照顾老母晚年？可否等到上大学的儿子走进婚姻殿堂？”妻无数次地问自己，并时常后悔为啥没有早查、早发现？总感觉身上的癌瘤就像一颗定时炸弹会随时擦枪走火，有时又觉得自己就像坐在一座活的火山口上，身心备受癌火炙烤……

为了治病，妻不得不离开心爱的课堂，来到距家三百多公里外的一所省城肿瘤医院。办理转诊、挂号登记、查血验尿、心电彩超、CT 检查……坏运气、小概率、百分比，妻的人生被压缩成检查报告上几组单薄却令人惊心动魄的数据。依照数据，医生告诉我们需要进行“新辅助化疗”，待癌瘤降级降期后再进行手术、放疗、靶向治疗……

就诊期间，我和妻几乎离不开那拥挤而憋闷的病房，医生开好检验单，我需要楼上楼下来回跑，有时出去买点东西都是急急而去匆匆而回。医院走廊里随处可见穿着病号服、脸色苍白、头发全无的人在走来走去，有的在腰侧挂着个导流瓶……想到妻即将面临同样的境遇，我无比揪心。

化疗药水对血管有很强的刺激性，因此需要经过外周静脉插入一根长长的导管到深静脉。妻的 PICC 化疗导管是从胳膊里埋的，从胳膊一直到心脏附近的大静脉。化疗的药液进入身体就像外来物种侵袭，更像有双大手在五脏六腑肆无忌惮地翻搅，让妻难受得说不出话来。而因为化疗药物的全身弥漫，吐已经成为一种常态，饭都吃不下去、水都不想喝。在打完一堆化疗药之后还要补充各种保肝护胃药，往往从一早要打到天黑。得了癌症，从此似乎与医院再也难解难分了。每次化疗回家的间隙，还要定期查血常规、监测血象、维护化疗管。别人计算日子是一个周末连着另一个周末，妻则是一个化疗挨着另一个化疗。

第一疗程结束不久，妻就开始脱发了，枕巾、衣领、沙发上到处都是掉下来的发茬，连眉毛都变得稀疏。尽管化疗前妻就已经把长发剪短，也做了充分的心理准备，但是由发际线往上的稀疏之势还是让妻很心疼，她索性横下决心到理发店里将头发全部剪去。坐在理发店的镜子前，妻紧紧地闭着双眼不敢睁开，没有勇气接受一个光秃秃的自己，没有勇气看自己瞬间变成另外一个人。那一刻，她只有泪水不停地往下流……

妻平日是个爱心有些“泛滥”的人，口碑好，人缘多，不管老朋友还是新朋友都关注她。每次化疗回来，很多朋友、同事都抽出时间前来看望，好多学生及家长也经常利用周日时间到家中给她送上祝福。每当有人前来看望，妻都强忍虚弱，跟人一一致谢。从发病至今，妻收获了满满的关怀与鼓励。她常在我跟前念叨：背负着这么多的爱，我有什么理由不好好爱惜自己、好好生活呢？我有什么资格自怨自艾呢？

为了帮妻升白细胞、血小板，每天做饭我都要费一番心思。我查阅资料、询问病友千方百计为妻增加营养。妻怕我累着，每次我问她想吃什么，她都说“随便！”可是吃饭时看到她吃得少，就知道不对她心思，下次就会换个花样。看电视、读报纸，我也留心哪些食物吃得好，就尽量给她吃那些健康的食品。

妻病了以后，除了承担巨大的经济压力，最难以承受的，是因此而带给我们全家的巨大精神压力和日常生活压力。过去，我们家的生活虽不富裕，但还是充满了阳光，夫妻上班，有稳定的收入，孩子升学也非常顺利。闲来无事夫妻俩逛逛街、散散步、跳跳舞，很让人羡慕。现在，我们家的正常生活秩序都因妻的生病而被打得稀巴烂。

在妻患病之前，我对家里的大事小情，虽然也做，但绝大部分却是当“甩手掌柜”，最后总有妻把事情做完。现在，我只得从头做起，买菜做饭，洗衣晒被，迎来送往，为她洗头擦身，锻炼肢体，喂水端药。妻常笑我说这是“报应”，过去一直是我找她“麻烦”，现在该她找我“麻烦”了。

以前，化疗、钼靶、栓塞、免疫组化、浸润性癌、靶向治疗等专有名词似乎离我们遥远得不能再遥远，现在妻得了病，我们一有空隙就疯狂地在电脑、手机上查找资料，了解有关知识，慢慢地我和妻也似乎成了一个乳腺病方面的“专家”……

每次复检评估，都是一次大考。每拿到检查结果，我们都无比紧张地赶紧从最后一行结论倒着往上看。“没有进展、肿瘤缩小”这是人间最美的诗句啊！但是癌症从来都不会因为人们的苦痛而停留，也不会因为人们的退让而缩回它暴虐的双手，多数情况都令我们失望和揪心……

泪流干了仍感动不了上天，现实无情，没有退路，只有面对。既然老天给了我们这个磨难，那就好好经历一次吧！既然左右不了变化无常的天气，那就调节下自己的心情吧！随着治疗的深入，我和妻逐步改变了击败病痛的观念，转而接纳它、原谅它：该悲伤还是可以悲伤，该聚餐还是要聚餐，该买菜做饭还是一样继续生活。为了在心态上更接近正常人，我们在家里阅读、听音乐、照料植物，早晚继续出去散步、跳舞，努力营造一片绿色安静的世界……

生命只有一次。况且，生命不只属于自己，还属于爱你的人。不论一朵花，还是一棵树，无论生命长短，都要活得像它本来的样子。罹癌、治癌注定是一条漫长的路程，一定不会平坦。努力方不会后悔，坚持才会有希望！衷心感谢拯救我们的医生护士和关爱我们的亲朋好友，我们一定不辜负大家的期望，努力接受、放下，然后好好活着，在磨难中感受爱的深刻，并尽力活出一个别样但依旧精彩的人生！

（原载 2017 年 12 月 12 日第 1511 期《新沂市报》）

携手走过生命的寒冬

每当看到公园里挽手散步的老夫妻时，心里总涌出难以言表的温暖。夕阳西下，湖畔微风，相濡以沫几十年的老人互相依偎、彼此陪伴，这简单质朴的爱也许就是人世间最幸福的事吧。但对我和妻来说，这简单质朴的幸福却似乎变成一种奢望了。原本我家有一个还算不错的生活，我和妻都有一份稳定的工作，孩子上大学，闲暇之余散散步、跳跳舞，虽然日子如水波澜不惊，却安然而有序。2017 年 2 月农历丁酉年春节刚过，一纸诊断书彻底打破了我家往日的宁静，平时身体不错的妻一下子被查出患有乳腺癌，中晚期。家，登时陷入极大的寒冷、恐慌之中，大有天要塌下来之感。

妻是一名小学教师，平日在学校里是一个老黄牛似的人，教学质量有口皆碑，先后获得过“新沂市模范教师”“徐州市优秀班主任”等荣誉称号，事迹曾受到过《江苏教育》杂志的刊登、表彰。以前她为工作、学生从早忙到晚，每天回到家中常常感到疲累，当时没想太多，认为休息好了就没事了，直到实在受不了了才去医院检查。一查，原来是癌症在作怪！癌症，在人们的意识中，基本上就等于死亡啊，接到癌症诊断书，就如同接到了死亡判决书！虽然每个人都会死，但大多数人对他死的那一天并不知道，妻还很年轻，正处于事业巅峰，从来没想到过死亡一下子居然离自己这么近，感觉生命似乎将要进入倒计时，不禁悲伤地大哭起来。

诸多事例告诉我们，疾病固然可怕，比疾病更可怕的是意志力的坍塌。我和妻是小学同学，师范毕业后分到同一所小学，1993 年步入婚姻殿堂牵手人生。和妻结婚以来，我们的生活并不平坦，工作两地分居多年，买房欠了一屁股债，妻先后做过卵巢囊肿、青光眼、剖宫产等大型手术多次，但一连串的打击并没有将我们击垮，在我们的携手同心、风雨共度下，都一步步跨过来了。本应风雨过尽阳光到来时，没想到苍天又给了我们这样一场突如其来的生死考验……不管生命处于何种状态，勇于迎上永远比胆怯逃避更值得拥有！稍微平静点后，我们决心继续放手一搏，扼住多舛命运的咽喉，不听任疾病的摆布，用坦诚面对来演绎这段注定不平常的人生岁月。从此，癌症求医路上多了两个蹒跚的身影。

为了与病魔抗争，我们不得不停下井然有序的工作、生活，赶汽车、挤火车、乘地铁，奔徐州、去南京、赴上海，走南闯北找专科医院，披星戴月挂专家号，一次次检血、查心电图、做超声波、照 CT、打升白针，妻先后经历了二十多次化疗、溶栓、靶向治疗，一次次熬过痛苦的穿刺、输液，妻的头发掉了又长，但凶顽的癌细胞却并没有乖乖就范，其低敏感、高耐药的特性还让妻从局部晚期逐渐成为一个失去了手术机会的人，目前只能靠挂、吃进口药物控制。妻挂的赫赛汀靶向药，原先近两万元一支，现降价为七千六百多元一支，每二十一天就要注射一次；四百多元一盒的化疗药，一盒只够吃两天，虽说医保能报销大半，但个人负担部分仍然不少，这还只是住院开支，平时乘车、住宿、检查、用药开支也很大，而且基本上无法报销，不过为了与癌博弈，我们始终咬着牙将平日省吃俭用积攒下来的钱不住地往医院送……

生命是一次单程旅行，很多东西注定无法逆转，与其过分神伤过往、忧虑未来，不如乐观地面对当下的每一分、每一秒。除了积极寻找治疗方法外，我鼓励妻把癌症当作慢性病，在心理上调适自己重塑自我，努力争取与癌和平共处。住院期间妻没有躺在病床上自暴自弃，而是找来各种癌症相关书籍或上网查阅，了解有关癌症医疗信息，学习众多抗癌斗士经验。化疗间歇妻重新规划自己的生活节奏，积极投入日常生活中去，做家务，读书，学习养生知识，和孩子聊天，与家人一起看电视，千方百计给自己寻找乐趣、排忧解闷。作为一个经常出入医院、见惯人间冷暖的病人，妻更深深体会到缺钱的难处与爱心的可贵，因此不论居家或外出，妻都积极做一些帮邻家小孩义务辅导功课、向病友推荐健康食谱、到贫患家庭探访等力所能及的事情，尽最大努力散发自己微小的热量。

抗癌路上，爱和陪伴是最好的“良药”。尽管我们出身农村，有过贫困，有过不愉快，但我们始终在一起，祸福相依，心心相伴。妻四处就医，我起早贪黑陪着。妻化疗住院，我不眠不休地守着。妻回家休养，我们一起在阳台上浇灌生机盎然的花草，一起喂鱼缸里五颜六色的金鱼，一起听家中一对可爱鸽子叽叽咕咕地歌唱，一起出去散步看大海，一起出去跳舞锻炼，一起享受生命中那些细碎零散的时光。为了松弛身心，在就诊医院的旁边，在居家附近的广场上，每天晚上，只要有空，只要妻能动，我们就步入舞场，伴着乐曲，翩翩起舞。虽然有时妻的身体在反复化疗下已虚弱得如一张纸，但她仍面带笑容，和我共舞。听着音乐，踏着舞步，旋转的韵律给妻带来了无穷动力，也常让妻忘了病痛……

在不停地进出医院的奔波中，不知不觉漫长的一年多过去了。虽然治疗没有达到预期的效果，妻的病情依然控制不佳，但再难我们也没有打退堂鼓。我们坚信，不论疾病有多么恐怖，只要不忘初心，乐观坚强，就有希望。寒冬虽荒且长，春暖总会花开。无论后面有多少痛苦等待，我们都会尝试过去，相互陪伴，风雨携手，共同托起生命的阳光，让疾病成为上苍赐给我们的一个获得别样丰盈人生的阶梯。

（原载 2018 年 6 月 26 日第 1587 期《新沂市报》）

生命中最美的暖阳

2017年2月，妻不幸被查出患有重症癌疾，使我家原本平静的生活一下跌入了痛苦的深渊，但在南来北往寻医问药的一路征程中，我们也感受到了诸多别样的温暖与支持。

医者的仁心。妻病后，我们先后辗转前往徐州、南京、上海等地大医院诊治，不论在哪个医院，主治医生们都认真检查病情、悉心制订方案，不论多忙，每天早晚必到病房查房，详细询问病情进展，耐心查体并根据妻的具体状况，及时调整治疗和用药方案，尽最大努力控制癌魔。护士天使们总是面带微笑，百叫不厌，给妻进行测体温、挂水、维护化疗管时，手法娴熟，动作准确轻快，无不体现她们高超的专业素养。虽然妻的治疗并没达到预期的效果，但我们仍切身感受到医者的仁术爱心。

亲友的关爱。在疾病面前，面对迷茫的未来，不知道等在前面的命运将会给出怎样的谜底，这个时候，前行的勇气和坚强更多来自亲人。第一次与妻去南京看病，为了赶时间，是正忙于建筑事务的堂哥专门开车把我们送去的，来回六百多公里的路程啊，到医院后他连口水都没喝，就急忙赶回新沂老家了。在南京和徐州住院时，家分别在南京和徐州的外甥、外甥女及我妹妹等，他们经常利用工余时间，给我们买来水果、饭菜，帮我们炖汤，一有空闲就到医院与妻聊天，疏导我们焦虑的情绪。化疗回来，妻身体虚弱，我还要上班，这时妻和我家的兄弟姐妹、侄儿侄女们有空就过来看望，帮我们做饭、料理家务。每次来他们都从不空手，总要带些鲜鱼、水果、时新蔬菜等利于养病的物品。

病友的鼓励。每次去医院，总会遇到许多病友，不管来自城市还是乡村，无论是贫穷还是富有，不论萍水相逢还是久已熟悉，也不论病情危重还是初发轻微，大家多互相帮助，有的也许帮我们送个化验单，有的只是分给我们一口好吃的东西，有的顺便帮我们带份饭，不一而足，在困境面前，大家都抱团前行，共抗癌艰。一次次住院、碰面中，病友们结下了深厚的友谊，互留电话、微信，还建立了朋友圈，出院后，大家常走进这个圈子，用彼此的文字相互温暖着，用不屈的坚强相互感染着，用获取的经验相互帮衬着，正是因为这个特殊的圈子，妻和我一直不敢偷懒、不敢懈怠、积极生活……

同事的支持。生病就像一面镜子，能清晰地映照出镜中人的关系和真形。妻生病后，妻工作学校、我供职单位的领导和同事们在第一时间登门探望，每逢年节他们都送来关怀和慰问。妻生病以来，住院、检查、化疗及靶向治疗等花费不菲，这还不包括平时乘车、住宿、门诊检查、购药等难以报销的开支，对于出身农村、工薪阶层的我们来说，在身心痛苦的同时，经济上也逐渐捉襟见肘。为了帮我们渡过难关，妻工作的学校发起了爱心募捐活动，同事、学生慷慨解囊，给我们解了燃眉之急。很多领导、同事时刻关注妻的治疗进展，经常给妻、给我打电话，虽然隔着冰冷的手机屏幕，但我们依然可以感受到同事们对我们的殷切关心。

同学的帮助。俗话说，一辈同学三辈亲。获知妻生病的消息后，我们读初中时的一些老同学，有的从北京、南京、上海赶来看妻，有的则通过电话、微信表达关切，还有的在同学群中发起了捐款活动，很多同学的家境并不宽裕，也都热情地伸出了援助之手，让我们深切感受到了浓浓的同窗情谊。妻的几位要好的师范同学，在妻刚查出病时积极帮忙出谋划策，在妻化疗后经常过来心理安慰，在妻化疗间歇则轮流来我们家中“值班”陪护，一有空闲她们还带妻出去爬山、看海，小聚、散心，让妻感到患病虽然不幸，但幸运的是她不是一个人在战斗！

学子的深情。妻平日是个“老黄牛”式的工作认真的人，她对学生好，学生也就越发敬重她。妻生病后，她的学生自发利用周日或晚上放学时间，有的买水果，有的带鸡蛋，有的拎牛奶，结伴到家中给妻送上祝福。很多已读大学或走上工作岗位的学生也没有忘记她。有一个读大学的学生知道了妻的情况后，利用周末时间赶到医院，给妻送上一束鲜花，并愿老师“要像这鲜花一样，笑脸常在！”一个已经工作的学生专程来到我家，在妻枕头下面压了一封信，并说等她走了以后再读。学生走后，妻慢慢拆开信封，里面是一封信和五百元钱。读着这封充满爱和祝愿的信，妻激动的泪水禁不住流了下来……

人生一世，山水一程，最温暖的不过是风雨阳光有人分担，最珍贵的莫过于山高水长有人相伴。医生、病友、亲朋……这些在黑暗中紧握住我们的手，在风雨中依然默默陪我们哭、逗我们笑的人，成为我们生命中最美的暖阳。正是有了这生命中最美的暖阳，我们才有勇气，在万水千山的红尘中，在艰难坎坷的疾困中，无畏无惧地，向前，向前，向前！

（原载 2019 年 3 月 19 日第 1693 期《新沂市报》）

求医记

生活不总是充满阳光。在“奔五”的年纪，在正当日子好过的时候，妻突被查出患有恶性乳腺癌，我们不得不停下惯常的工作和生活节奏，南下北上踏上求医问药之旅，奔波于南京、上海等地大医院间。

妻的疾病发现时就是中晚期，边治疗边反复，直至失去了手术的时机。妻病两年多来，几乎每月、每周都离不开医院。家居苏北，距离南京、上海等地皆距离不短。遥远的路程、长途的跋涉，沉重的包裹、虚弱的病体，节假日难买的车票、雾雪天停运的班车，急匆匆出行的人流、舍不得购买的卧铺，火车、汽车、地铁、出租车的不断换乘，每月多趟的来回奔波，每次都让我们紧张焦虑、望而生畏，这还不包括每次疗前请假、转诊、疗后报销等烦琐事宜。

由于车次或俭省住宿开支等原因，我们到达目的地时多是半夜或凌晨。若是做客，长途跋涉来了会有人接待。可惜，治病不是做客，没人管你食宿。没地方去，我们常顾不得在车上颠簸了七八个小时的腰酸背痛，忍着严寒酷暑或蚊叮虫咬，在车站的水泥地上蹲坐到天亮，然后背着大包小包，风尘仆仆、蓬头垢面地赶往医院。

慕名而来的各地患者如潮水般涌向这些大医院。门诊大厅永远川流不息，人挤人，人挨人，每天凌晨或连夜排队挂号者也不足为奇。楼梯上上来下去的人群如同流水，有时候要等大半个小时才能搭上一趟电梯。通道、走廊、阶梯以及楼房间的树荫下，到处都是挤压变形的人流。等待几小时，检查几分钟。医生询问病情以后，就是各项检查、缴费。收费处、取药处、结算处、检查室、化验室往往迷宫般分布在不同楼、不同层，窗口前清一色排着长龙一般的队伍，跑来绕去挨到跟前，往往还要面对一些面无表情冷若冰霜的脸，聆听一些“不知道”“不能处理”诸如此类的不耐烦的话语，有时甚至正巧赶上“下班了”……

在这些知名医院排队候诊的除了陪同来看病的，多数都是重症、癌症。病友，大概是人情样式中最真挚的一种吧。萍水相逢、兔死狐悲，不管认识与否，同病相怜的求医者总有说不完的关于病痛的话题。站在队伍身前的是个五十多岁的男的，耳朵后面长了一个疙瘩，不痛不痒，等到医院一检查，就已经是鼻癌晚期，这次来已经是第三次化疗了。排在身后的是位四十来岁的女的，五年前得了宫颈癌，现在又复发了，雪上加霜的是陪同她看病的丈夫近日也被查出了肺癌。身边一个年轻女孩，博士，还没结婚，正读书呢，也被查出患有恶性乳腺癌。

住院部更是上演人生百态。入院的无论平日贫富、贵贱、高低，这时都乖乖地卸下面具，把最真实的自己呈现给医生。出院的有的满怀希望，有的却是无奈离去。楼道里不时有焦虑的病人家属痛苦争吵的声音，也会有那么几个特别坚强乐观的病友互相安慰、鼓励的窃窃私语。一个青年小伙拎着影像袋在走廊中边打电话边哭泣，一对乡下母女在墙角处抱头痛哭，泪水在医院永远是广泛而无须掩饰的存在。晚些时候，有些家属为了节省住宿费用，与保安人员打着游击找座椅靠着打盹儿，以熬过漫漫长夜。

一张张病床如一面面明镜，一眼望去，看得到爱，也照得出无限悲凉。病床上有因病痛、痴呆、耳聋大呼小叫的老人，也有年纪轻轻、花容月貌却不得不插着氧气维持生命的年轻人。有的病人勉强扶着床挪动脚步以保证必需的活动量，有的病人只能躺在床上说些希望自己能动、哪怕再多活几天都不怕累的无奈话语。更多人由于药物反应，或浑身浮肿，或形销骨立，有的脸色蜡黄、发黑，有的目光呆滞、空洞，整个人恹恹的，没什么精神。很多人头发早被化疗药水烧得精光，不得不买个假发、帽子戴着。

一人生病，往往搭上一个家。在医院里看病，挂号、检查、诊病、买药、打针、输液、手术、换药，哪样不需要钱呢？连复印张检查纸都收费。重症病人多对数字敏感，除了胆战心惊地等化验报告的各种指标，就是算不完的账。化疗的方案一般三周一次，有的三周两次。妻每次化疗的费用最少也要五六千，有的方案每次都得一两万。化疗的人由于药物作用往往白细胞、血小板低，打一针升白针等就得好几十、上百元。住院的费用医保部门能给报销一些，门诊检查、打针、买药的钱多数不能报销。有些药很贵，虽然必须用，但由于有些条件、门槛限制，也不给报销。账单常以流水的速度漫过病床，吞噬每一位求医者病前所有的辛劳汗水和积蓄。

癌症病人，拿钱换时间，但对于晚期癌症病人来说，奇迹是万里挑一，大部分治疗的意义，只能是延续痛苦。不过，好死不如赖活着，一个走在充满阳光鲜花坦途中的人，突被一支突如其来的毒镞射中，谁都不希望鲜活的生命就此结束。当然，也有被癌痛折磨得想放弃治疗的，可家里人舍不得啊，只要他（她）多活一天，他们就能在人世间多团圆一天。因此，每个重症之人都像在黑暗的大海里踽踽独行的人，他们知道黑暗之中自己并不会那么幸运，也并不全都能找到彼岸，但他们为了生存或为了家人都甘愿背负着身体和心理的巨大苦痛，在白衣天使的帮助下，一步一步艰难往前挺。多数情况是，有时偶尔看到灯塔了，快要接近时灯光却消失了，那就赶紧顶风迎浪再去苦苦寻找下一束亮光……

如我们一样奔波求医的天南海北人，拖着行李箱、拿着报告单或是提着汤汤水水，在各大知名医院里进进出出、来来往往。不一样的面孔，怀揣着相似的心情。由于僧多粥少，知名医院往往一床难求。为了漫长的等待，我和妻常不得不在医院外租房子住。

医院周边的租房生意是一年四季的好。租住的小旅馆多隐蔽在临近医院的老旧小区里，每间五六平方米，一张床，一张桌子，有的甚至连张桌子也没有。墙上挂着空调，但怕额外收费，没有几个舍得开的。三四户人家共用一个厨房、卫生间。客房门口狭窄的过道里，常放几把破椅子，供病人和家属们坐着晒太阳、聊病情。房间逼仄，但房租却并不低，每间每天至少百元左右。

每个简陋的房门背后，都租住着一个伤心的家庭。与其他住客相比，住在这里的房客，常被过重的疾病与经济负担压得喘不过气来，他们说话小声，少有笑容，省吃俭用是大家的标配，除了想法给病人弄点好的增加些营养外，很多家人多吃点自带干粮、残汤剩饭，能填饱肚子有力气陪亲人看病即可。对于陪护家属来说，每一分钱都要用于挽救亲人的生命啊。

房客们每天在这里发生的对话，多离不开生死的大主题。一个二十多岁的小伙子，看上去很壮实，检查结果出来已是肠癌晚期，小伙子的妈妈在家庭旅馆住过二十来天，她是个单亲妈妈，早年离婚，就这么一个儿子，结果还得了这种病。从查出来，到最后人走了，只有一个多月。有一对租房的安徽夫妻，生了两个女儿，大的十七岁，小的才刚过十岁，都还是未成年的孩子，前后都查出了卵巢癌。看来，黄泉路上真无老少啊，年轻、年少并不等于与癌症保持着绝对的安全距离！

医院门开，有人走，有人来，像海浪一样一层一层覆盖的故事里，翻涌的都是一个个希望与绝望不断交织的莫测人生。别人计算日子是一个周末连着另一个周末，对癌症病人来说则是一个化疗挨着另一个化疗。癌症病人的出院多与众不同，就是他们从不说“再见”。你看，一个医者站在病房门口微笑着跟一个病情好转办好出院的患者说，滚蛋吧，肿瘤君！你听，一个老头坐在病床上，跟一位办退房的老太太打招呼，走啦，千万不要再回来了啊！在这片特殊的生态圈，医患、病友间这样的“再见”方式绝对是一种真诚祝愿！

时间在一天天流逝，生命也在一天天消耗。妻的病情有所控制但还是起色不太大，痛苦、焦虑还是她所经历的全部生活。医院外面的春夏秋冬，似乎与妻的生活无缘，一切都以病情为生活的标准。穿梭在求医路上，看够了世间的冷漠，看淡了人间的情感，也听够了重复的祝福，到头来带回的仍是妻满脸的愁容、一身的疲倦……

以前我很喜欢抱怨生活，时常觉得平凡的日子寡淡如水，陪妻求医以来，日夜奔波于各大医院间，一步一步走过无数阴霾满天的时光，亲身感受到如妻等被病痛折磨得痛苦不堪人们的生活情状，才发现原来人生平平淡淡才是真的幸福！什么车子、房子、票子，什么都可以努力去争取。人生，只要拥有平安、健康的身体，就没有什么值得怨天尤人和想不开的。

（原载 2019 年 6 月 25 日第 1731 期《新沂市报》）

此情绵绵无绝期

2020 年 5 月 23 日农历四月初一本是个平常的日子，然而，对于我及家人来说却是一个最难忘、最难过、最伤心的日子，与我携手走过二十七个春秋的妻因病医治无效不幸逝世。至今，我仍然觉得妻的离去很不真实。我俩相识相知相爱相依的往事，是那样清晰，一幕幕、一遍遍不时浮现眼前……

我和妻都出身农村，虽然我们小学、初中都是同学，工作也在同一所学校，但传统的我们依然走的是“媒妁之言”婚恋模式。或许是看上我的稳重踏实吧，那时教师待遇不高，没有富足的生活条件，没有宽敞的房屋，也没有过多的嫁妆，妻还是毅然选择和清贫的我在一起。1993 年 12 月，在亲人的祝福声中，我们共同走进了位于乡村学校一隅的婚姻的小屋。

妻是个朴实的人。她不慕虚荣，平日里省吃俭用、勤俭持家，多少年来，没给自己买过一件奢侈的衣服、首饰，看着别人穿金戴银，妻也从不眼热。作为一个靠工资吃饭的人，我没有能给妻带来丰厚的物质享受，但妻从无怨言。婚后第四年，我们的儿子出生了，这给我们劳碌的日子带来了许多欢欣和希望。

妻是个勤快的人。1995 年我调到县城工作，妻仍在乡村小学执教，直到进入新世纪，妻才从农村调入城市。在长达六年多的两地分居生活中，妻一个人在乡下教书、带孩子，默默承担着生活的重担。后来我又调到宣传部门工作，每天忙于党的思想理论宣传，很少有时间顾及家里，妻几乎包揽了全部的家务，用女性特有的细心和勤劳，把朴素小家收拾得井井有条。

妻是个认真的人。不论在乡村还是城市，妻立足三尺讲台，脚踏实地劳动，以温暖的爱心、细致的教学，启迪着无数幼小的心灵，培育了一批又一批品学兼优的学生，为学校、学生奉献了自己全部的热情和青春，先后被评为乡镇“三八红旗手”、新沂市“优秀园丁”、徐州市“优秀班主任”，并光荣地入了党，2000 年第 8、9 期《江苏教育》及省《关心下一代周报》《彭城晚报》《新沂市报》等媒体还都在显著位置，以较大篇幅报道过妻倾情教育、忘我奉献的事迹。很多家长都说“王老师是一位让我们放心的好老师！”

妻是个贤惠的人。妻热诚开朗，处世稳重，无论对家人还是对朋友，都热情大方，与公婆、叔嫂、妯娌之间关系融洽。父母、公婆年老体弱，繁忙的工作之余，妻总要抽时间探望，嘘寒问暖，献上子女的一份孝心。妻关心孩子，对孩子以身作则，宽严适度，既是良师也是益友，用忠厚、博爱的形象引领孩子健康成长。

妻是个善良的人。妻待人真挚、乐于助人，无论同事、亲友还是乡邻，谁家生活有困难，她都会慷慨解囊。谁家有人生病，她都会带上礼物和慰藉急急赶去慰问。一个人做点好事并不难，难的是一辈子做好事，难怪在她自己家中有事时，总有那么多学生、家长、同事、好友以及和她打过交道的人，纷纷赶来慰问与鼓励。

时光荏苒，转眼间我们一起牵手走过了二十余载的光阴，虽然生活总是坎坷多于平坦、荆棘多于鲜花，但无论多么艰难困苦，我们都笑着走了过来。谁知上天竟如此残忍、不公，在

“奔五”之际，在正当我们感觉日子蒸蒸日上越过越好的时候，在正当我们劳碌半生准备享受人生的时候，在正当我们相互搀扶打算一起慢慢变老的时候，2017 年 2 月 14 日，妻不幸被查出患有恶性乳腺癌，中晚期！

面对从天而降的噩耗，妻哭过、痛过，痛定思痛，为了望眼欲穿的学生，妻毅然从绝望中站了起来，积极与病魔作斗争。我们每周、每月赶汽车、挤火车、乘地铁，奔徐州、去南京、赴上海，走南闯北找专科医院，披星戴月挂专家号，一次次验血、查彩超、做 CT 核磁，几年来妻先后经历了近百次化疗、溶栓、靶向治疗。每一次病情的发展、好转，又复发、又好转，一次次地绝望，又一次次地希望，妻总是那么坚强，保持着惊人的隐忍与平静。

家居苏北，距离南京、上海等地皆距离不短。遥远的路程、长途的跋涉，沉重的包裹、虚弱的病体，节假日难买的车票、雾雪天停运的班车，急匆匆出行的人流、舍不得购买的卧铺，火车、汽车、地铁、出租车的不断换乘，每月多趟的来回奔波，每次都让我们紧张焦虑、望而生畏，这还不包括每次疗前请假、转诊、购买特药、疗后报销等烦琐事宜。日升月落，年复一年，我们每天都在奔波与煎熬中度过，每天都在祈祷着奇迹的发生！

妻是个热心的人。治病期间，不少同室病友获悉自己身患绝症后，痛哭流涕，悲痛欲绝。妻对她们总是宽言相慰，病友释然了，妻也欣慰了。每次输完了药，妻都要到病区的各个病房去转转，和病友们聊聊天，妻走到哪里，哪里就有欢声笑语，病友们见了妻、听了妻鼓励的话都很开心。由于妻的乐观，忧郁的病房里不再沉闷，欢快的气氛成为病友们抚平伤痛、忘记死亡阴影的依托。

妻是个忘我的人。妻总是为他人着想，就在妻后期病重期间，她还在为自己走后母亲、孩子及我的后半生操心牵挂，叮嘱我不要把她生病的实情告诉体弱的母亲，怕母亲接受不了，她有空、略微好受些时就教我如何使用电饼铛和全自动洗衣机等生活用具，怕我今后生活不能自理。平时她往往忍受着病魔带来的巨大疼痛，晚上也不愿叫醒我，说我白天累了一天晚上要休息好，怕把我也累得病倒了。

妻平日对人的好，换来的是病时别人对妻无尽的爱。妻病后，妻工作学校、我供职单位的领导和同事们在第一时间登门探望，每逢年节他们都送来关怀和慰问。妻病以来，住院、检查、化疗及靶向治疗等花费不菲，这还不包括平时乘车、住宿、门诊检查、购药等难以报销的开支，对于工薪阶层的我们来说，在身心痛苦的同时，经济上也逐渐捉襟见肘。为了帮我们渡过难关，妻工作的学校、师范同学、闺蜜等发起了爱心募捐活动，亲友、同事、学生等社会各界纷纷慷慨解囊，给我们解了燃眉之急。

癌症的不断复发转移，很快把妻推向了生命的边缘。2020年4月，妻最后一次就医于上海复旦大学附属肿瘤医院，三年来的劳累奔波和时时对妻生命的牵挂，我身心俱疲，而唯一渴望生命不息的强烈欲望支撑着我精神的全部。在医院旁租住的小旅馆里，历经一天癌痛折磨、刚服了止疼药的妻沉沉睡去，看着被病痛折磨得不成人样的妻，我心如刀绞，难以入眠，我在心里不断祈祷，就让妻这样躺着吧，只要不剥夺她生存的权利，哪怕再苦再累、花再多钱我也愿陪她到老！可我清楚地知道，癌细胞在妻体内残忍地肆虐掠夺，已将她的躯体吞噬得四面楚歌……

化疗副作用大，常常搞得妻频繁呕吐、腹泻、脱发、手足麻木、皮肤溃烂、痛楚难忍，但在不知实情的老母亲面前，妻依然装作一副无事的样子，怎奈白发人不知黑发人已逝！2020年5月23日20时58分，在肆虐癌魔的步步紧逼下，妻最后的呼吸和心跳被无情遏止了。我一边哽咽着，一边帮妻穿上新买的新娘装寿衣。妻啊，这是我最后一次与你肌肤相亲了，看着你瘦削的脸庞、熟睡的模样，我也真想躺在你身旁，从此不再醒来，生生世世陪你。

从妻病到离开，计三年三个月零十天，这三年来，可能是我此生最漫长的一段时间了，心中始终有块大石头，伴随着妻的病情而跌宕起伏。这一刻妻走了，尘埃落定了，石头没有了，可我的心也空了。仅仅五十岁的年龄啊，正当壮年的妻竟走到了人生的尽头！五十年的光阴啊，妻虽没做出什么惊天动地的大事，却精心打造了这个幸福的家；妻虽没有多么骄人的业绩，却赢得了学生、家长的广泛赞誉。妻啊，你匆匆而去，身后留下的是老母亲的泪水、叹息和孤独，留下的是丈夫的哀惋、凄凉和痛楚，留下的是正读大学、未成家儿子的悲惨、恸嚎和无助，留下的是众多亲朋好友的不舍、惋惜和难过。

妻患病以来多次跟我说："这么好的一个家，就这样被我毁了。我舍不下你们爷俩啊。"那无奈的目光，刺痛着我的心扉；那留恋的表情，碾压着我的灵魂。我轻抚着妻逝后渐冷的手和脸庞，内心犹如长江之浪汹涌翻滚。妻啊，你让人爱、让人疼、让人痛，也让人恨！你为什么早早吞食了我们白头偕老的誓言半路扔下我？你为什么匆匆让我体验到了生离死别的苦痛？如果你平时多注意保养身体，如果你少为了工作而忘我奔命，如果你别那么追求完美和精致，如果……世界上没有这么多的如果呀，不然，人间哪来这么多悲哀欲绝、泪如泉涌？

妻的灵柩安放在小区楼下。在帮忙的人少了以后，在夜幕降临以后，我总要独自来到妻的灵前祭奠一番，望着妻的遗像，妻质朴的容颜、和善的目光，好像还在含情脉脉地看着我，好像还在向我诉说着什么。妻啊，你是不是诉说以往我们在一块儿的美好生活？以前我们总是出双入对，一起工作，一起回家，一起做饭，一起逛街，一起跳舞，一起郊游，一起回娘家，总有拉不完的知心呱，总有说不完的家常话。而今，你却静静地躺在那冰冷的棺里，与我阴阳两隔，任凭我伤心的泪水挥洒多少，任凭我在心底泣血呼唤你多少遍，你却再也不回我一声……

有人说过，人死了，就让别人洒下诚实的眼泪，数一数，那是人生价值的珍珠。妻你知道吗？你去世后，你的众多亲友第一时间赶到，家中的亲人们来了，你就职学校的领导、同事以及学生们来了，你师范、初中的同学和闺蜜来了，你曾经工作、学习过的单位好友来了，你左邻右舍许许多多的朋友们来了，你曾经帮助过的众多学生和家长来了……在你就职的学校在马陵山殡仪馆为你举办追悼会时，更有好多人从四面八方赶来为你送行，他们肃穆地站满告别厅，聆听校长宣读的悼词和挚友表达的哀思，瞻仰鲜花丛中你的遗容，不停地念叨你的好，伤心欲绝，泪如雨下，哭声响彻大厅……在你逝去的日子里，微信朋友圈、QQ群到处是悼念你的橘黄烛光、洁白菊花、悲戚文字……这些，妻你都知道吗？我多么希望你的在天之灵能知道啊！妻啊，虽然你没能延展生命的长度，但你生命的宽度足以让很多人景仰！

按照妻的遗愿，妻长眠在马陵山的山岗之上，在那里，可以望见北边我们生活的城市，可以望见东边清碧的沭河，也能望见西南方浩瀚骆马湖畔生养我们的故乡。妻长眠的地方，芳草萋萋，松柏莽莽，是我们从城市回故乡的必经之路，是一块景色秀丽的风水之地，有一天，我也会去那里，我们将长相厮守到地老天荒，生生世世再不分离。

经历丧妻之痛的我，如同一棵老树，在滂沱大雨中，默默地独自承受着一切。在我们相依相伴的日子里，妻照顾我太多太多，不离不弃，无微不至，穿的每件衣、用的每样物品，无不凝聚着妻的深情厚意，家里每个角落都有妻的记忆。如今失去了妻，孩子又在远方读书，曾经温暖的出双入对，变成如今清寂的形单影只，尤其是每天下班进入小区看到家家户户炊烟袅袅灯火通明，唯有我家黑灯瞎火空无一人，进屋后房凉床凉锅碗瓢盆凉……生活轨迹的骤然改变，让我不知何去何从，不知怎样才好，上班前、回家后，我没人诉衷肠、无处话凄凉……

自从我们的孩子出生后，我们每年或在孩子生日当天或在春节期间都要照一张全家福，2020 年春节拍的全家福成了我们仨的最后一张合照了！每当夜深人静难以成眠时，我就拿出手机相册，翻看全家福、妻的遗照，端详着一张张相片，一幕幕往事浮现心头，可相在人去，想想不再有和妻一起的愉快之旅，不再能与妻一起过欢乐的日子，不禁悲从中来、痛彻心底、潸然泪下……

妻啊，不知不觉絮絮叨叨说了这么多，请不要嫌我唠叨，我写下这些，是因为怀念，你是我一生中最深爱过的女人，此情绵绵无绝期，即使掬盆海水作墨，也表达不尽你我夫妻之情；哪怕撕片白云作纸，也抒发不完对你的思念之意！我也想记录一下，世上曾有你这样一个人，静悄悄地来过，没有轰轰烈烈的事迹，也没有什么大的成就和名声，但却以一颗勤劳、朴实、贤惠、善良的心，谱写了一曲质朴感人的生命乐章，赢得了众多人最高的尊重和爱！

妻啊，执子之手二十七载，其实我最懂你的心，痛苦、沉沦下去绝不是你对我及家人的初衷，坚强、振作起来才是你最希望看到的结局！亲爱的妻啊，你安息吧！我一定化悲痛为力量，践行好你未尽的遗愿！祈愿从此你如天上星，亮晶晶、常灿烂、永安宁！更祈愿有来生，咱们再续夫妻情缘！

（原载 2020 年 6 月 9 日第 1871 期《新沂市报》）

第二辑

故乡风物

故乡的新年

时间过得真快，忙忙碌碌之中，旧岁的锣鼓声尚响在耳畔，新年的鞭炮声又已伴着春风扑面而来了。身居异乡，听着窗外院子里孩子们的欢笑声，我不由得想起了故乡苏北过新年时的情景……

每到农历腊月的最后几天，新年的气息便在故乡上空渐渐浓厚起来。闲下来的故乡人又开始忙里忙外，杀鸡宰羊，筹办年货。虽然每个人的脸上都写着忙碌，但每张忙碌的脸上都洋溢着一片盎然的春光。

新年的故乡，每条大街小巷，每个村头角落都染上了一层喜庆的红色。门上对联的红色，墙上窗花的红色，小孩子手上气球的红色，新媳妇头上花朵的红色，电视新闻上的红色，人们笑靥上的红色，以及上上下下里里外外一切有形无形的红色，都温暖地融于酒香，融于心田，染红了春风，陶醉了人间。

大年三十，瑞雪纷纷飘满夜空，梅花朵朵绽芳吐蕊，千家门楣福灯高挂，万户窗口灯火齐明。一桌丰盛的年夜饭摆上正屋，在一阵"噼噼啪啪"的鞭炮声中，一家老少敬财神，祭祖宗，祈愿生活年年有余，保佑家人岁岁平安。开饭了，大人们大碗喝酒，小孩子小碗吃肉，吃到兴头上，喝到兴头上，个个红光满面、油光满面，连嘴角挂着粉丝、牙缝塞着肉丝也不觉察了——整个故乡全陶醉在一片热烈的新年气氛之中……

除夕之夜，家家围炉守岁，以依依惜别之情，共度岁末好时光。窗外，鞭炮声声，鼓乐齐鸣；室内，饺香四溢，谈兴正浓。孩子们往往熬不过先睡了，直到院子里的鞭炮声突然再次惊醒了他们，揉揉惺忪的睡眼，美好的新年已悄然到来……此时此刻，故乡的每条街巷、每个村落都沐浴在一片热烈的声浪之中，人们的心也因幸福而阵阵战栗，久久难以平静……

故乡的新年，虽然它从里到外都洋溢着一股浓浓的乡土气息，但它那热闹红火、充满亲情的热烈氛围，却永远让人回味无穷，咀嚼不尽。

（原载 1995 年 3 月 15 日第 314 期《江苏教育报》）

思念月亮

老家在苏北乡下，我勤劳节俭的父老乡亲常将夜晚的灯光控制到最低限度，因而月亮成了静谧乡村晚上当仁不让的主角。我的童年是在月光的沐浴下度过的，因此我对纯净质朴的月亮充满依恋。

儿时没事的时候，我爱来到村头野外，站在恬静的月光下静静地想和看。月光下的苏北平原，广袤深邃，银亮的月光与橘红的农家灯火交相辉映，织成一片宜人的风景。呼吸着清新的空气，任明月将银辉洒满全身，以月为友，与静相伴，心情无比欢愉。许多大人、孩子此时也来到旷野里，借着皎洁的月光做自己想做的事，男孩、女孩追逐打闹捉蟋蟀，姑娘、小伙聊天说地谈恋爱，人们将所有的欢乐和思绪都倾注在这月光似水的柔和氛围中。

师范毕业后，我分配到一所偏远的乡村小学，“两耳不闻功利事，一心教好圣贤书”的我改完作业，忙碌一天，常常走出蜗居，站在空旷的校园中与月对视。好静的夜啊，一轮明净的月儿安闲地在夜空浮着、照着，温柔，素雅，圣洁。有时虽不是圆月，月儿却也亮得很，万物在她温润地抚慰下静静地睡着了。我信步在清幽的月光下，白日里要想的事可以不用去想，白日里要做的事无须再做，独处于这静中，踏着青草，抚着清风，嗅着花香，一切都那么自然、和谐……

月亮走，我也走。不久由于工作的需要我进了城，进城的感觉就是月在头顶难相见。城里是灯的天下，在灯火辉煌、高楼林立的城中，不爱张扬的月亮哪还能风光仍再？进城之后，我每天早出晚归，来去匆匆，忙工作，忙房子，忙应酬，哪还有闲心看天赏月？再加上我有点写作的所谓“本事”吧，从此文债不断。单位的计划、总结要写，个人的科研论文要加班加点，另外，一会儿某部门找我帮着写点“减负”报道，一会儿某同事要我帮着改改“评职”资料，就连刚搬到一起认识还不到三天的邻居竟也能找到我，非让我帮他写一份不低于十页稿纸的在家长会上的发言材料……树欲静而风不止，我忙得连抽空在亲爱的月光下散散步、喘口气的工夫都没有了。

我久违的月亮啊，你还是那么宁静、自由吗？真的好想你！我多渴望像从前一样有时间投入你温馨、舒适的怀抱，把所有的压抑全都释放出来，让心灵在你的抚慰下尽情放飞，使生命变得像你一样清灵、坦荡……

（原载 2004 年 5 月 8 日第 9 期中国民俗研究会《民俗》报社《新周末》）

乡　恋

或许我也可以算作是一位旅人吧，十几岁就在外面求学闯荡，最后留在小城工作，一直很少回到远在骆马湖畔的家乡。虽然身处异地，但我的心，始终是恋念家乡的。

回家乡是多么令人激动的事啊。一提到家乡，天真少年时的一幕幕像放电影一样，一下子就映现在眼前：曾经和我一起上树掏过鸟蛋的、一起下水摸过黄鳝的、一起爬墙偷吃过邻家蜜桃的小伙伴们，都历历在目如在身边。这些曾经有过的故事，顿时化作一股无形的力量，使人立刻想回到家乡，这种力量甚至能穿越万水千山……

去年我在小城就看到一位从台湾来的老者，他是我的同乡，姓张，在家排行老八，我问他：“八爷，您这么大岁数了，海峡那边又那么富有，你怎么还独自从那边赶往家乡？”

“孩子，你还不懂离别给人带来的哀愁呢。自两岸宣布可以相互探亲后，我就迫不及待了。我不顾自己的年老体弱，只要能回来看看，就心满意足死也瞑目了，这边才是我真正的家！我还要回乡下去看看，看看我记忆中的小村，会会我童年的朋友，听听自己熟悉的乡音。多年来，我夜夜想着我的家乡，时时念着我曾经捉过鱼摸过虾的小水塘。‘儿不嫌母丑，狗不嫌家贫’，小村是生我养我的地方，我是永远不会忘记她的。”八爷说了这番动情的话，连我也被他诚挚的话语感染了。

是的，离家也许是工作的需要，出门也许是生活的逼迫。曾经为了生计，我们都暂时告别了家乡，一旦要回家乡，心情是难以平静的，魂牵梦绕的有时或许只是一点点小事呢。记得我有一次回家乡，只是要尝一尝母亲亲手烙的煎饼，品一品嫂子亲自烧的南瓜汤，还要去看一看和我一起挖过菜的那位善良的小姑娘。

家乡的心胸是朴实宽广的，你在外面受委屈时，你在外面不得志时，家乡还是一如既往地接纳你。你可以向她倾诉，她不会为你一无所有而嫌弃你，当然也绝不会因你仕途荣华而奉迎你。

万水千山走遍，思恋家乡的心情永难变。这是为什么？就是为让自己漂泊的心情能找到一个栖息的驿站啊。让自己的狭隘融入家乡的豁达吧，摆脱世俗纠缠，使自己的疲惫身心在家乡的淡泊中得以尽情生息，然后以一个全新的自我，用家乡赋予的力量，勇敢地挑战明天。

（原载 2001 年 10 月 29 日第 3 期徐州市《青少年文学》）

夏　荷

苏北骆马湖东岸的臂弯里挽着一个叫埠湖的小村庄，那是我的故乡。故乡盛产莲藕。

每当春季来临，那一望无际的湖田和村落四周的池塘水面上，都嫩嫩地贴满了浅绿色的荷叶，阵雨初歇，那凝聚在小荷叶上滚动着的颗颗水滴，像珍珠一样，明亮秀丽，闪闪发光。当到了夏荷生长的旺盛季节，那根根带刺的荷梗，坚挺于水中，头上顶着深绿色的叶伞，高低重叠，纵横交错，把水面装扮成一幅美丽的图案。更叫人喜爱的是那从叶伞丛中挺身而出的朵朵荷花，竞相开放，有粉红的，有淡绿的，有玉白的，有鹅黄的，真是星罗棋布、绚丽多彩。

因从前骆马湖常闹水灾，我家举家搬迁，再加上我在外求学、工作，一转眼离开故乡十多年了。为探访童年的朋友，我又一次回到了阔别的故乡。一进村，我就被夏荷的景色迷住了。那荷塘中的荷叶随风摆动，翩翩起舞，傲立的荷花也翘首点头，像是在招呼我这个迟归的远方游子。我忍不住放下手中的东西，把鞋袜一脱，裤腿一卷，几步跨进荷塘边，双手揽住了一朵盛开的荷花，贴向鼻尖一闻，顿时，一股清香沁入心脾，使人感到无比滋润。突然，荷塘中传出一个清脆的女声："喂，不能摘呀。"我吃了一惊，赶紧缩回了手。

从荷丛中冒出一个姑娘来，她端坐木盆中，两手轻划水面，一张瓜子脸晒得红红的，她身上那件果绿色衬衣，与那粉红色的荷花交相辉映。她把木盆划到塘边，见我傻呆呆地站着，不禁掩面“嘻嘻”笑了起来：“刚才俺把你吓了一大跳吧？”“不，不，是我不好！”我脸上顿时汗津津、火辣辣的。

交谈中得知，原来她就是我童年的伙伴夏荷。不过，她哪像十多年前那个穿着破烂衣服的黄毛丫头呢？她告诉我，以前荷塘无人过问，现在都承包了，她和丈夫水生就承包了这片十多亩的荷塘。为提高莲子和藕的产量，他们正在巡视管理呢。我问起她现在的日子过得怎样时，她自豪地说，这片荷塘，再加上养鱼、养鳖，闲时下湖逮鱼，每年纯收入都有几万元。目前家里什么电器都有，农村空气又好，景色又美，日子过得怕比城里人还舒心呢。我又问起童年的其他伙伴，她开心地给我一一介绍：卫东开了面粉加工厂，练基当了建筑工头，拴柱承包了村东果园，二丫做起了布匹买卖，三狗办起了水禽养殖场……一个个日子都过得蜜里调油一般。的确，故乡变了，那被荷塘重重围绕着的村庄，边缘露出的不再是茅草的屋角，而是红的、白的、青的平楼瓦房的屋顶了。

当我走访完童年的朋友依依不舍离开时，夏荷还在和她丈夫在荷塘里忙碌着。我没有去打扰他们，怕惊扰了他们胸中致富的蓝图……

（原载 1997 年 8 月 26 日第 1051 期《彭城晚报》）

姑家的灶房

接到姑家表侄结婚的请柬，我心一惊，呀，这么快，一晃竟别姑家近二十年了。

姑家住在苏北骆马湖东岸一个叫埠湖的小村庄，儿时的我最不愿去姑家，尤其怕进姑家的灶房。当时姑家五六口人，只有两间破旧的草房，一间挤挤挨挨地住人，另一间就是砌上土灶做灶房。姑家做饭，全靠烧草。一次到姑家拜年，姑家留饭，只见姑熬一大铁锅稀饭竟整整烧了一个多钟头，乳白色的浓烟将小屋充塞得让人喘不过气来。我到姑家灶房端饭时，一件刚上身的出客衣裳，被灶房里的烟油毫不客气地画了两道刺眼的痕迹……

姑家表侄大喜的日子终于到了，我和妻兴冲冲地赶去赴宴。嗬，姑家住的那个村再见不到一间草房了，全是水泥浇顶的平房、小楼。姑家两层三上三下的小洋楼更是让人惊叹不已。我和姑首先走进灶房。灶房大约有十来平方米，墙上贴着晃眼的瓷砖，一尘不染，地上铺着棕红色的地砖，长长的灶台下是淡绿的柜子，台面上贴着彩色的大理石。灶台中央安放着一个擦得锃亮的煤气灶。高压锅上“嗞嗞”地喷着热气，散着肉香。油烟机毫不客气地“呜呜”着吞油喝烟。姑又拍着身旁的微波炉说：“这家伙真听话，用它时，只要定时间，它便开始工作了。工作好了，它会自动发出响声提醒你呢！”

我问姑家怎么变化这么大，姑感慨地说："全是党的富民政策好呀！"原来，实行土地承包制后姑家学会了科学种田，还开了一个大型砖瓦厂，并利用靠近骆马湖的几个废池塘养起了鱼鳖、种起了莲藕……各种丰厚的收入，使姑家的日子就像芝麻开花一样节节高。

表侄喜事过后，和姑一起串门，使我得以走进更多的农家灶房，令我眼界大开，各家的灶房设施都和姑家不相上下。细微之处见精华，我从中深深体味到了我们伟大祖国改革开放政策的巨大力量。

（原载 1999 年 9 月 9 日第 1721 期《彭城晚报》）

与收音机相依的日子

现在已经很少有人听收音机了，只有早晨晨练的时候，才会看到一些大爷大妈手中还拿着，但若干年前它是人们的至爱，这快要消失的电波时常涌入我的记忆，让我走进与收音机相依的日子……

二十世纪七十年代末期，是个经济和精神都还很匮乏的年代，电视机还没在中国的大地上发芽，更何况在偏僻的农村，谁家能有一台收音机听那简直是一件无比享受的事儿了。当时父亲在粮食部门有点事做，有些微薄的收入，他也爱听收音机，便咬咬牙省吃俭用买了一台，成为我家那时唯一的电器设备，也是全村的第二台收音机。那是一个有提手的长方体铁匣子，虽然只有一个喇叭，但声音非常响亮，当父亲把两节大号电池装进去，拧开开关，选准频率后，那梦寐以求的广播声便在我家响了起来。

每天忙完一天事务，全家最惬意的事情便是围坐在家中一张古旧的八仙桌旁，一边吃饭一边如痴如醉地收听那收音机里播送的节目。那收音机里仿佛有戏班子一般，唱歌、跳舞、讲评书、说相声、拉故事，让人觉得简直不可思议。记得那时最吸引人的节目是评书，只要《岳飞传》《杨家将》《三国演义》《水浒传》等节目一开场，甭管农忙还是什么时候，收音机旁立马引来左邻右舍一堆人，大家屏息静气，跟着说书的掉泪，替古人担忧。茶余饭后，大人小孩更是三个一群、五个一伙，兴致勃勃地谈论昨日或者刚刚听过的评书故事，什么秦琼大战敬德、裴元庆大战李元霸、程咬金的三板斧，以及呼杨合兵、岳飞抗金等等，说得兴味盎然，争得面红耳赤。

也许因为喜欢文学的天性吧，年少的我总爱把收音机抱在膝上，准时收听《小喇叭》《配乐散文》《长篇评书联播》等专题节目。上山牧牛、砍柴，下地耕种、锄草，收音机也都抽空陪伴着我。晚上，有时为了等听一个节目而不舍得入睡，又怕吵着家人，只好把音量关到最小，窝在被子里，等着等着，什么时候睡着了也不知道。因为听收音机，也使我喜爱上了看书，家存的《三国演义》《封神榜》《红岩》《儒林外史》《夜幕下的哈尔滨》等小说，伴着一盏小煤油灯，抱着本《新华字典》，硬是通读了一遍。收音机带给我丰富的听觉享受的同时，也源源不断地为渴求知识的我灌输进无数有益的东西，让我懂得许多人生的道理，使我紧紧抓住心中的梦想不放，为我后来走出乡村、走上教育宣传工作岗位打下了坚实的基础。

伴随着日新月异的社会发展脚步，收音机的地位逐渐被电视、网络等取代，慢慢隐居到人们的柜子里、角落中。但不论家用电器再怎样发达，收音机都是我永远的至爱！不仅因为它是中国改革开放的一个时代缩影，它更是我那段时光的忠实伙伴啊！对于我们那一代人来说，收音机陪伴每个人走过了许许多多的时光，给人们带来了那么多快乐和感动，就像一首经典的老歌，虽然年代久远却躺在时间的某一个角落，时刻散发出淡淡的温馨，温暖着我们不再年轻的心灵。

我现在的收音机是全波段、立体声、多功能的，每当打开收音机，那熟悉的旋律、丰富的节目便携着远去的岁月和那曾经的感动，顷刻间扑面而来，让人倍感亲切……

（原载 2014 年 6 月 17 日第 996 期《新沂市报》）

北马陵印象

春末夏初，偷得浮生半日闲，一个星期天的上午，我和家人一起骑车前往离城十多公里远的北马陵山踏青游玩。

马陵山为沂蒙山余脉，跨苏北鲁南郯城、东海、新沂等多个县市，南北连绵起伏长达百余公里，因其状如奔马而得名。马陵山在新沂境内形成两处明显的隆突山体，人们习惯把位于新沂市区南十五公里处以五华顶为中心的一处山脉称为“南马陵”，把位于新沂市区东北与山东郯城交界的山脉称为“北马陵”。迎着扑面的春色，一路谈笑风生中不知不觉就到北马陵山脚下了。

北马陵山是一个缓缓隆起的高坡，棱角圆润，远远看上去，犹如一只巨大的圆形铁锅倒扣在广袤的苏北大平原上。从南向北刚入山时，几乎见不到树木，只有一丛丛、一簇簇的无名野花从石径小缝中脱颖而出，盛开着红色的、白色的、紫色的细碎小花，展示着生命的坚韧与顽强。连越几道山涧，连翻几座山包，方渐有稀疏矮松，点缀于山坡背风向阳处。愈往北，树愈多。山脊上，一排排苍松傲然挺立，山坳里，一棵棵劲柏布满沧桑。山风拂过，阵阵松涛在耳边响起，让人顿生怀古思幽之情。松下路旁间或躺卧着几间古朴的看林小屋，屋前看林老者常一动不动地在阳光下静坐着，一脸淡然和从容。

山包与山包之间往往隐藏着一条条清碧的山溪，温润的溪水从红石缝隙中汩汩流出，无数针尖麦芒般的小鱼在溪水中自由嬉戏。溪畔树丛中奔逐着当地牧羊人放牧的数十只山羊，羊儿有埋头啃草者，有追逐嬉闹者，有嗷嗷待哺者，有咩咩欢叫者，只只怡然，个个自得。溪畔石头下，还往往躲藏着很多红眼圈的山螃蟹，只要轻轻地翻动石头，就能见到不少铜钱大小的螃蟹蛰伏着。沿着小溪，逆流而上，边走边翻，在不时捡获中常让游人忘记了吃饭、忘记了年龄。

因为没有高山峻岭的奇险，没有“南马陵”的清秀，又乏古迹，在当下时节，冬日里清瘦的山体早已变得丰腴圆润，北马陵却依旧寂寞如常，游人稀少。抬眼望去，只有三五游人，或立或坐，优哉游哉。这不多的游人中还数暂时摆脱繁重学业束缚的孩子最为抢眼，他们像出笼的小鸟肆无忌惮地穿梭于山垄溪涧，给静谧的山野洒下串串欢快的笑声。穿山越岭中，倒不时可与一位位捡拾山柴、挖取野菜满载而归的当地村民迎面相遇，他们一身泥香，全无一些所谓城里人的多愁善感抑或老成世故，虽素不相识却总微笑面对。

站在海拔并不太高的北马陵山上，仰视之，感觉这远离尘世浮躁的天空好高好蓝，闭上眼，深呼吸一口，五脏六腑都仿佛被新鲜的气息透彻地纯净了一次。神游间，逐渐忘却了自我，只觉身在这无边的旷野中，已化为一草一木、一山一水，宠辱皆忘的范仲淹、山水之乐的欧阳修，似从脑际闪出，从宋朝飘至，与我携手同行……

（原载2014年6月17日第999期《新沂市报》）

麻　雀

苏北家乡，粮丰林茂，鸟儿众多。房前屋后，河畔溪旁，到处活跃着鸟儿亮丽的身姿，飘荡着鸟儿怡人的啾鸣。尤其是顽皮、好动的麻雀更为常见。

麻雀，栗色的羽毛，圆圆的小眼，灰不溜秋，其貌不扬，晨昏啁啾，声音单调，实在无法与黄莺等鸟的动人音貌媲美，但它从来都不亢不卑。不论城乡，随处可见其精神抖擞地在房前树间飞来跳去。即使隆冬季节，户外粘满霜雪的树枝都凝成根根银条，成群的麻雀依然毫不畏惧地站在寒风中，用单调的声音向着东方晨曦中冉冉升起的鲜红太阳纵情欢唱。唱够了，它们便瞅着清凌凌的冰挂的空隙，嗖嗖地飞离枝条，踏在屋顶两头的砖瓦上，不屑一顾地看人们几眼，然后撒开翅膀，迎着寒风，不知向何处飞去……劳作之余，家乡人听其鸣，观其形，细细品味，也能使人忘却许多劳碌的烦恼呢。

孩提时代，农家孩子最喜欢玩的鸟除了灰喜鹊就是麻雀了。那时麻雀比现在更多，也不怕人，巢就筑在人家的屋檐底下、瓦缝之间。那时孩子的作业也不多，课余无聊，孩子们就四处寻巢，发现哪家屋檐底下、草垛堆头粪迹斑驳，必有雀窝。于是架梯就掏。掏到鸟蛋，就烧、煮着吃。掏到麻雀，就放入笼中养起来。小麻雀好喂，一有动静就张嘴要吃，但却很少有把它们喂活的。老麻雀气性大，即使捉到也难伺候，你充满信心地放些水米进去，它当人面不吃，避人面还不吃，还一个劲地要钻出笼外，最后常撞得头破血流壮烈而死……

儿童无知，许多无辜的麻雀就这样被孩子们“好心”地扼杀在鸟笼里了。不过，麻雀还遇到过比这更麻烦的事情呢。听老人们说，它曾与老鼠、苍蝇、蚊子一起被人们当作“四害”要除掉过。在那段粮食不够吃的贫瘠年月，贪嘴的麻雀在人们心目中的印象很不好，田间的稻谷熟了，若不小心看好，能被它们啄落不少；谁家屋顶晒的芝麻，若不用网罩好，能被它吃个乱七八糟，因此在当时人们眼里，麻雀是一个人口夺粮的破坏者。那段日子里，城乡人到处敲盆打锣，张下天罗地网，呐喊，捕打，要把麻雀等赶尽杀绝。瘦小、无助的麻雀常惊得四处飞蹿，无有栖息之地，无数走投无路的麻雀就在筋疲力尽中可怜地惊、累而死。如今，一些人受美味的诱惑和经济利益的驱使，麻雀等鸟又大遭其殃，被枪打死的，被药麻翻的，被网套住的，不计其数。再加上近年来林木的减少、农药的滥用、污水的肆虐，许多可爱的鸟儿在人们的视野里一天比一天少了。

走在城市的街头，还时常能看到许多来自林野的鸟儿囚缩在一只只竹木或铁丝编制的笼子里，成为一些老者所谓修身养性、颐养天年的玩物，成为一些孩子所谓培养爱心、观察自然的新宠。瑟缩在人的股掌玩弄之中的鸟雀们，偶尔会斗胆放开喉咙鸣叫几声，其音虽美但毕竟戴着枷锁，没有自由的声音常让人听了心里酸酸的，很不是滋味。貌不出众的麻雀有时也会夹杂其中，或惊恐地飞上蹿下，或呆呆地埋头啄食，其结局可想而知，其下场能够预料……

缺少麻雀共舞的日子必然单调，鲜见麻雀啾鸣的天空注定枯燥。好在国家早将麻雀列为保护动物，明确吃食麻雀属于违法行为。加之人们生活水平不断提高，麻雀被人们的关注便越发少了，这对麻雀来说，当然是大好事。因此，今日之乡村，麻雀又逐渐多了起来，屋前屋后叽叽喳喳，好不热闹。

（原载 2014 年 11 月 25 日第 1061 期《新沂市报》）

枣　花

枣树是苏北乡间常见的一种果树。印象中，老家旁边便是一大片枣林，这对于顽童时的我，不啻是个天然的乐园了。

在桃花艳、梨花白、杏花闹嚷嚷时，枣树的枝头还干干的，一芽也不发。百花吐艳、万木争春的时节过去之后，枣树才悄悄地发芽抽叶，孕育自己的花蕾。农历四五月份，是枣花盛开的季节。那花儿是一种淡淡的黄色，带一点绿，与叶子的颜色区别不是很大。此时举目远望枣林，你看不到一朵独立的花，只有那幽香阵阵飘来，不经意地入鼻，猛吸也绝不会呛着，还是淡淡的——清香。走近细看，才见枝头叶下密密麻麻的全是花，小米粒般模样，细细的，碎碎的，羞羞答答地藏着呢。

家乡的老人们说，别看枣花骨朵小，没有桃花的妩媚，没有杏花的妖艳，脚踏的土地也并不肥沃，身披的风霜也并不安逸，素面朝天，其貌不扬，却从不开谎花，每一朵花都能从那细小的花蕊中，孕育出甘美硕大的果实来呢。果然过不了多久，枣花随风伴雨簌簌而落，漫地黄花中，许多尖尖的小馒头状的枣已在繁枝茂叶间悄然问世了……

儿时，我并不爱枣花，爱的却是她的果实，那又红又甜的枣。打从枣花开后，我便每天和小伙伴们一起到高大挺拔的枣树林里去玩，急切地盼望着她早日花落果熟。金风玉露，中秋月圆。几经风雨后，枣儿终于像喝醉酒的少女，面庞通红了，沉甸甸地压弯了枝条。此时密匝匝的树荫笼罩着房舍、田畴，树林一片红，村庄一片红，远远望去，似西天的火烧云。走近些，星星点点，恰似绿海中撒满了红玛瑙。这时节，人们兜里装着枣，手里抓着枣，口里嚼着枣，疲累的心也早被枣醺暖润甜了。

长大后，离开家乡，在漫漫的人生旅途中，我才渐渐咀嚼、体味到了枣花的可贵，明白了她留在我心灵深处的启迪和朴素的哲理。枣花不为自己的弱小、不被人注意而苦恼，不要奢华，没有虚荣，只要能够结出甜美的果子就已足够，即使没赶上春天开花的热闹，也要可着劲地长，可着劲地开，可着劲地结果。难怪古代曾有皇帝要求官员在衙门的庭院里栽种枣树，要官员学习枣树，不要把官位看得太重，最重要的是能脚踏实地，干点实事。用枣树、枣花来做一面镜子，真是再好再恰当不过的了！

黄绿色的枣花开在枣树上，香甜在夏秋两个季节，装扮着一个多彩的世界，而我心中的枣花，总是一年四季绽放着，时时督促我做个如枣花一样的人。

（原载 2014 年 5 月 6 日第 979 期《新沂市报》）

楝子树

楝子树是苏北家乡极平常的一种树，在老家门前就生长着一棵，那是我小时候母亲从田野里移回来的。楝子树花没有槐花那般芳香醉人，果也不如枣树果实那么香甜可食，可它却留给我最深的记忆。

每当春回大地、万物复苏时，沐浴了阳光雨露的楝子树便抽出嫩枝绿芽，不多久便绿叶满枝头了。枝叶舒展的楝子树，俨然一把巨伞，撑开近十平方米的天地，阳光自树梢层层过滤下来，变得斑斑驳驳、若有若无。暮春，在茂密的楝叶丛中，一团团、一簇簇淡紫色的楝子花，错落有致地绽放在枝头上，碎碎香香地弥漫在空气中。楝子花零落之后，便结出串串青翠碧绿的果实。金秋时节，楝子成熟，饱满圆润，金黄可人。隆冬腊月，树叶落尽，只剩下一串串金黄的楝子，仿佛一嘟噜一嘟噜的葡萄，暖暖地摇曳在枝头上。楝子树的果子往往很恋树，直到来年春天楝子树上结出新的楝子，仍有往年的楝子挂在树上不肯落下，成为树木家族中的另一种风景，所以家乡人不叫它楝子树，而叫它恋子树。

我是很赞同管楝子树叫恋子树的，因为恋子具有一种母性，年年岁岁树恋着子、子恋着树，像母亲恋恋不舍儿女，更不让儿女离开她。我的母亲就是一个像楝子树一样爱恋孩子的人。由于当时父亲在外地工作，每年回家时间都很短，抚育我们姐弟几个的重任几乎全落在母亲一个人身上。母亲虽然没有上过学，却极力支持我们学习。每天上学前，她都要求我们按时坐在楝子树下一条条、一页页地背书，放学后再到楝子树下认认真真地做作业、写字。农忙时别的同学都请假去帮忙，母亲从不让我们请假，她宁愿自己苦些、累些也不影响我们的学习。为了给我们交学费，母亲常利用农闲吃力地敲下楝子，再背到很远的中药店出售，一点一滴积攒。为了给我们取暖，母亲常搬来木梯爬上楝子树，砍下枯柴、余枝，给我们生炉烧火。偎着那棵楝子树，我感受到了母爱的温暖；守着那棵楝子树，我度过了一段铺满荫凉的童年时光。

年复一年，楝子树以其萌生冀望的春意、遮盖浮躁的绿荫，陪伴我们走过了一段不算短的岁月，我无从计算楝子树为我的成长遮挡了多少风风雨雨，又在为我遮挡风风雨雨之中经受了多少风吹雨打，但楝子树似乎从未在乎人们是否感念其恩惠，依然日复一日滋长着它的绿色故事，依然用它苍劲挺拔的身躯呵护着风雪中飘摇的楝子……工作后我远离了家乡，谋生的城市里很少能见到楝子树，可我怎么也忘不了老家门前那棵曾陪伴我童年和我一路共同成长的楝子树，忘不了楝子树下母亲那执着守望的劳碌身影和那浸满沧桑的满头白发。每当夜深人静的时候，我的心常会潮水般漫过寂静的夜空，到故乡去探望母亲，探望老家门前的那棵楝子树……

一个飘雪的冬日，含辛茹苦、积劳成疾的母亲被可恶的病魔夺去了生命，仿佛一棵经历了七十多年风风雨雨的楝子树，那苍老的枝干再也承受不了儿女的重荷而倒下了。母亲故去后，我独自站在老家的院子里，呆呆地看着门前那棵楝子树，经历了风霜雨雪的楝子树叶已纷纷掉落，但那椭圆形的果实，在长长果柄的牵系下，依然牢牢地挂在枝头上，一串一串，像一个个杏黄的风铃，随着风的吹动而不断摆动，像是祭奠，又像在昭示着什么……

（原载 2016 年 3 月 29 日第 1259 期《新沂市报》）

老家土灶

民以食为天，食离不开灶。小小的三尺灶台承载着一家男女老少一日三餐的重任。无论多么贫苦的岁月，只要屋子里有了一方灶，只要灶台上升腾出热气来，日子里便有了生机，有了希望。

过去苏北乡间普遍用的是柴火锅灶。在我的记忆中，家乡的锅灶多是用土坯垒成的，方方正正地靠在厨房一角，上面并排一大一小两口锅，灶火口也对应是一大一小两个，一般大锅做饭、小锅炒菜。

对土灶的情缘，源于灶边的母亲。很多地方，把女人称为“锅边转”，就是说女人一辈子在土灶和锅边忙碌。母亲就是这样的典型乡村妇女。三尺灶台是母亲一生都没有离开过的舞台，她在袅袅炊烟和氤氲热气中养大了一个又一个孩子。

幼时，每天清晨，我在睡梦中醒来时，母亲就在灶台边忙活。厨房狭小而局促，炊烟弥漫，水汽四溢，常常呛得母亲流泪、咳嗽不止，母亲边撩着衣角擦眼边蹲坐在灶旁添火做饭，柴米油盐酱醋茶，锅碗瓢盆筷勺叉，灶上灶下，屋里屋外，没一刻闲着。

炊烟，是母亲召唤孩子回家的旗帜。曾有多少时候，放学路上，看到家中烟囱冒出淡淡的炊烟，我饥肠辘辘的肚子就仿佛有了着落。到家后，就会倚到灶前母亲的怀里，看火舌舔着锅底，饭菜在锅中欢腾。冬天，母亲会把我冻僵的小手放在胸前先哈上几口热气，再放到灶膛口取暖。此时，一种比吃饱肚子还要强烈的温暖会瞬时充满我的全身。

炊烟升起处，饭菜飘香时。在那个经济条件普遍不景气的年月里，虽然终年吃不上几顿鱼肉荤腥，甚至难得吃上几顿纯白米饭，但母亲却用一双粗糙的大手在朴实的土灶里，用小麦、玉米、山芋甚至麸皮、树叶、野菜等作原料，为正在长身体的我们想方设法做出了煎饼、窝头、包子、汤圆等丰富多样的乡间土味，让我们的生活并不因经济贫困而变得单调乏味。

不知从什么时候开始，我也爱上了坐在灶旁添柴烧火。用火柴燃一把麦草塞进锅灶，拿些棉花棵子填进去，待火苗变蓝了，再填一些树枝，就可以专心烧火做饭了。没一会儿，全身烤得暖融融的。初秋雨多且凉，冬天寒冷，坐在灶前煮饭，是很温暖的享受。

一顿饭做下来，灶坑里往往累积起一堆热热的火灰，我们乡村人家喜欢在这样的火灰里烧烤辣椒、蒜瓣，或往火灰里埋一些山芋、玉米，放些知了、蚱蜢之类的，经火焖烧过的食物，风味独特，清香四溢，至今依然让人齿颊芬芳。

偶尔烧次锅感觉蛮好玩，整天烧锅做饭就不一定是乐事了。冬天，冷水冷灶冷锅台，冻得伸不出手。夏天，天气闷热，烟熏火燎，浑身是汗，随手一抹，到处是灰。阴天，柴草潮湿，不肯起火，满屋烟尘，熏得人睁不开眼，呛得人喘不过气……真不知几十年来，整天围着灶台转的母亲是怎么度过来的。

年关，人忙，灶更忙。那时节，母亲尽围着锅灶转，包饺子、蒸年糕、熬米糖、做豆腐、炒花生、炸丸子。我们小孩子也整天赖在厨房里，名义上是为锅灶添柴烧火、帮母亲端盘递水，实质上是想对锅中“美食”先尝为快。待年货一出锅，不等母亲招呼，我们就抓起丸子之类大快朵颐起来，常常被烫得嗷嗷直叫，母亲总是心疼得叫我们慢些慢些。

他乡读书、参加工作后，坐在老家灶台边吃土锅饭菜的机会就越来越少了。虽然走南闯北吃过不少各地菜肴，但我最钟情的还是老家的土锅饭菜。每次年节回到老家，母亲往往不顾年迈为我刷土锅、烧土灶、做土菜。吃着母亲在土锅灶上做出来的土味食物，除了忆起了我的童年，更品到了幸福的滋味。

日升日落，月圆月缺，土灶边的母亲，在炊烟中穿梭，在岁月中忙碌，随着孩子们一个个成家立业、另立门户，曾经充满欢声笑语的厨房，常常只剩下形影孤单的母亲，站在灶台边，站在院子里，站在乡村缠缠绕绕的炊烟中，静无声，直至一次做晚饭时，母亲突患脑溢血，一头栽倒在灶边，从此再没起来……

今天，不论城乡，柴锅土灶多被煤、电、气替代，但我的心里，却始终忘不了老家那柴锅灶膛里闪动的火光，忘不了母亲在灶台边忙碌的身影，忘不了袅袅炊烟中母亲那温和慈祥的模样……

（原载 2016 年第 5 期《江苏粮食》）

马陵山行思

马陵山是苏北家乡一座并不雄伟的山，山虽不高，却纵横交错，蕴幽藏丽，让人常游常新，体悟不尽。

马陵山为丹霞地貌，遍布紫褐山岩，历经风雨洗礼，不少山体、石头从不同角度望去，往往显出不同的形象，如高大威武的“吴牛喘月”、蜿蜒起伏的“群龟探海”、横空出世的“莲池卧虎”等。拾级而上，望着美丽的象形石，感觉人们因形就势的联想是那么贴合实际，更让人感慨大自然造化的神奇，但走着走着，那“吴牛”“群龟”“卧虎”便因地点、角度的转换而逐渐变化开来，不再那么形象美妙了。确实，一些风景，只有在这个距离、这个角度才可以展示给人最佳的面目形象，稍一分心，略不留神，便美景不再了。人生往往也是这样，只有在那个年纪、那个时刻、那种心境中，才会流露出动人的美丽，错过了时机，常常也就错过了一段美好的时光、一段丰盈的人生。

马陵山海拔不过数十米，然因山自平原突兀而起，立在山上四处展望，亦不乏居高临下之感，只见山之东河流道路如带如线，山之西田畴村野如对局之棋盘，而南北原野上之房舍、树木，则俨如盘上之棋子；俯视来路，刚才山径上仰视如牛、侧看似虎的诸多大石，已然变作脚下貌不惊人的小石头了……面对大小变幻的山石景致，终于明白孔仲尼“登东山而小鲁，登泰山而小天下”的高远境界，悟到王之涣“欲穷千里目，更上一层楼”的哲理启示，更不由心生感慨，有些以为必须仰视的事物，其实并没那么高大，畏惧或者轻视，只是人们视角变化的结果罢了。

石是山的肌肤，树是山的衣裳。马陵山山上长松，山下生槐，草木繁多。给我印象最深的是山顶的苍松，那些苍松站在巨石顶部，不仅是鸟的驿站，而且告诉我，生命往往是无常的安放。它们在岩石上是如何生存的，是如何穿透岁月从一棵幼芽长成一棵参天大树的，关于雨水、泥土以及养分，都贫瘠得超越了我的想象；还有林间那些名不见经传的野花，没了向上的空间，便齐刷刷地横着，黑瘦枝干避开阻挡，努力地找寻生存的机会，执着地探向温暖的阳光。很多人常感叹人生的不易，然比起马陵山上这些苍松、野花的境遇，人的一些所谓困顿又算得了什么呢？只要心中常有这山松的坚韧、野花的执着，我想，生活便没有多少迈不过去的坎。

一路赏石看松，流连顾盼，不知不觉从山底到达山顶，又从山顶回到山底。回首那一段蜿蜒山路，开始时步履轻松，几个陡阶过去满身大汗，到了险峭处小心而辛劳，偏又是景点最为集中的阶段，而风光再优美的山顶也只能停留片刻，然后一路向下……这一番起伏曲折，与人的幼年、青年、中年和老年阶段的心路历程，多么相像啊。有人说山脚轻松安逸，有人说山腰秀美惬意，有人说山巅奇峻雄浑，其实，不论山脚、山腰、山巅都有其独特的景致，不在山脚停滞，不在半途退缩，且行且珍惜，边歌边览阅，即使不一定能创造绝顶的辉煌，亦不负精彩人生。

（原载 2016 年第 11 期《徐州党建》）

灰喜鹊

灰喜鹊在苏北乡间极常见，无论村庄、田野，还是路边、河畔，都能看到灰喜鹊或疾翔或驻足的身影。

灰喜鹊一般从头到尾一尺多长，除了头和后颈为亮黑色，其余部分全是浅蓝灰色，不因季节而更换行头，不因冷暖而添衣加裳，永远一身单薄灰暗的平民装，平凡得如坊间的小猫小狗和一大片叫狗蛋的孩子似的。灰喜鹊喜欢与人比邻而居，村头屋角若是有棵高树或是大树，不用仰头去看，那上面多有一个大大的灰喜鹊窝。

每年春天，灰喜鹊从很远的地方精挑细选衔来一些干树枝、小木棒，一根一根在高树杈上垒起来，编成圆圆的、鼓鼓的形状，里面还要填上细碎的干草、发丝，最后完全同树干结合成一个整体。这种尽心，不亚于人类建房子。一个鹊巢的筑成，需要花费很长时间，十天半个月，甚至更长时间，都是很正常的。功夫不负有心鸟。当狂风大作时，树干剧烈地摇动，树上的残枝败叶噼噼啪啪纷纷落下，而鹊巢却往往安然无恙。

灰喜鹊繁多的时候，从村庄到野外，鹊巢如一个接一个的小黑点缀满树杈，像一张音符跳跃、旋律欢快的五线图谱，错落有致地排布在树林的顶端，成为乡村一道古朴的风景线。巢边成双成对的灰喜鹊，卿卿我我嬉笑不停，就像热恋中的青年男女，动人心弦的甜蜜中飘逸着希望。

五六月份，是幼鹊出巢的高峰，为了养儿育女和谋求生计，灰喜鹊每天早出晚归地忙碌着，不停地穿梭于田间、林野，去寻找食物。在野外找不到食物时，灰喜鹊也会瞅空子来农家小院与鸡儿鸭儿争食抢吃，想方设法为儿女带一份美味。育雏时节，常有馋嘴猫及调皮孩等不速之客入侵巢穴，看家的灰喜鹊会竭尽全力用翅膀和尖嘴进行殊死搏斗，并发出惨烈的叫声，直至入侵者仓皇逃走才罢。

灰喜鹊不挑嘴，花蕾、嫩芽、果实、种子，甚至人类丢弃的食物，照单全收，但灰喜鹊最爱的还是大量的害虫。过去一到夏天，毛毛虫就破茧而出，一株十几年的香椿树、枫杨树，只要有几十条虫子，不消多长时间就能把叶子吃得一干二净。毛毛虫浑身长满毒毛，大多数鸟儿都对它望而生畏束手无策，但灰喜鹊却有高招，往往用尖嘴叼起毛毛虫在树干上蹭来蹭去很快蹭掉毒毛，然后大卸八块，美滋滋地享用一顿大餐。

灰喜鹊爱热闹，一大早就纷纷出巢，成群结队，四处嬉戏，不论到哪里，嘴都不闲着，一口地地道道的方言，叽叽喳喳，永远有说不完的家长里短、道不尽的喜怒哀乐。尤其是村庄过辆车、来个人或是房前屋后有个什么动静时，灰喜鹊总是先给报信。对于庄户人来说，权当又多养了一条狗哩！这样一想，即便那灰喜鹊成天待在屋角叽叽喳喳地吵个不停，仍旧不显得十分讨嫌，倒是时间一长，慢慢地听得越来越顺耳了，一时听不到灰喜鹊叫，还有些不习惯呢。

天气渐凉了，众多鸟儿都整理行装离开村庄去了温暖的地方，而灰喜鹊却毅然决然地留在故土，守望着高树上的鸟窝，三三两两，一群一伙，嬉闹之余，依然醉卧枝头，用平凡而欢乐的啼鸣，传唱着民风的淳朴、自然的和谐与生命的豁达。

（原载 2016 年第 4 期新沂市政协《学习与交流》）

苏北的冬

苏北平原的冬清冷、纯粹。老家坐落在苏北乡下，当寒冷的西北风吹落村头那棵大树的最后一片树叶，树林和村庄染成了青灰色，田野里的麦苗由绿变暗僵卧在封冻的土地上，家乡的冬便真正来临了。

风是冬日乡村的常客。风从村落西北枯老的刺槐、杨柳树梢上刮来：嗖嗖嗖，呜呜呜，尖锐而冗长，尤以夜半为最，躺在乡村的木板床上倾听，像老牛般哞叫。风过处，裸露的大地顿时霜雪肃杀，池塘、河面迅速覆了一层晃眼的冰，干枯的苇草常被撕扯得枝断叶舞，漫天飘卷。路上偶有行人，不管去往哪个方向，都缩着脖子、翻起衣领，或顺着走得飞快，或背着挪得很慢，风儿如针、似刀、像剑，刺得人阵阵生疼。

风停了，代替它的常是湿冷的雾。那雾，迷离，朦胧，虚幻，是那样多而不浓，又是那样淡而不稀，像是从天而降的一层纱帘，又像是软软的、轻轻的白色绸布，裹到树杈上，树马上变得湿润而迷蒙；扑到麦田里，麦苗立即被粘上一层白色的雾珠；穿梭于山间，山时而清晰，时而迷茫，更加妩媚多姿。在雾的涌动中，白里透红的旭日疲惫地攀着树枝向上爬，显得那么吃力，但仍然坚持着，终于，旭日升了起来……

风刮得久了，天就黄了；雾积得多了，就要下雪。先是伴着细雨飘着零星的小雪花，不一会儿，小雪渐成大团状、鹅毛状，成片成片，纷纷扬扬，飘摇而下，广袤无垠的田野、寂静悠长的小路，茂密的树林、静谧的院落，霎时间充满了诗情画意：山舞银蛇，原驰蜡象，千里沃野，银装素裹，寒林疏木，玉树琼枝，乡村被冰雪装扮成一片朴素而又单纯的银色世界。风停了，雪住了，大人、孩子蜂拥而出，扫雪、推雪、堆雪、玩雪。顽劣的孩子们，穿着厚棉袄，脚蹬大棉鞋，嘴里哼哈着长长短短的热气，小手冻得通红，兴高采烈地堆雪人、打雪仗、滚雪球。围着主人撒着欢的家犬，把洁白如纸的大地画得梅花片片。

雪后放晴，阳光灿烂，天空更是一片坦坦荡荡的蓝，蓝得透静、蓝得纯情、蓝得让人心旌摇荡又色彩斑斓。老人们常身着厚厚的棉袄，拎个小板凳，在墙角、柴垛、背风朝阳旮旯处蹲了或坐了，三五成群地闲扯着年景的好坏或东家长、西家短。小孩子们抽着陀螺，大呼小叫，浑身冒汗，气喘吁吁，玩兴正酣。壮小伙、新媳妇们则趁着农闲牵驴喂牛、铡草劈柴或烙煎饼、磨豆腐、蒸馒头，预备着年节的到来。晚饭时光，农家人围炉而坐，边吃着一年来土地里收获的粮食，边看着电视里丰富多彩的节目，不时举杯，喜说着丰收、咀嚼着甘甜、笑谈着明天。

乡村的冬天似乎格外寒长，从入腊月门开始，一直过了正月，进了三月，到杨柳树上有了激动人心的青黄嫩绿，冬天的寒意还未完全过去，仍在乡村的小河、堤坝、柴草、房屋上流连徘徊。村人们却早已按捺不住了，积蓄了整整一冬的热情、力量，瞬间里爆发出来，人们争先恐后地涌出家门，走向大地，造墒施肥，春耕播种，又开始了新一个季节的轮回……

虽然现在早已远离了乡村，但我还常常沉醉在乡村那清爽而温暖的回忆中，那些岁月深处曾经的美丽会在某个静谧的夜晚悄悄扣响我的心扉，让我在乡村那童话般的冬日世界里久久徜徉……

（原载 2017 年 1 月 23 日第 1381 期《新沂市报》）

棉是故乡白

棉花，是苏北乡间过去最主要的经济作物之一。我的童年，是和棉花一起度过的，所以尽管早已离开了家乡，离开了棉花，但乡村那段种棉花的经历却成了我人生中永远的记忆……

阳历三四月间，春风依然料峭，家乡人就用泥土和肥料做成营养钵，把一粒粒棉籽放入其中。在阳光和水的滋润下，棉苗儿悄悄顶着两片嫩嫩的小叶拱出地垄。初出大地的棉苗，纤细，柔弱，像一个刚刚经历断奶脱了水分的幼儿，让人无端生出许多怜惜。所以，人们会加倍用心地给它灭茬、松土、浇水、施肥、除草、壅根。天越热越去地里除草，那样草死得快。棉花不太喜欢下雨，但又不能太干，在大旱的时候还要浇水抗旱，其间的艰辛不言而喻。

当棉株长到齐腰高时就要打顶了，这时的棉株被限制长高，但谁也阻止不了它生命的张扬和铺排，四周枝杈重叠伸展开来，摇曳着心形的绿叶，绽放出青春的花朵。待到或黄或白的花儿落了，就会有绿绿的棉桃脱颖而出，很羞涩地躲在枝叶之间。开花挂果之时最是棉虫肆虐的时候，农人常要冒着酷暑打药整治躲在棉花果实或花蕾里的害虫。一大早，农人就要背着药桶到棉花地去，在露水没干之前开始打药，一直到正午，在药雾弥漫的棉花棵间不知走了多少来回。

在不算短的期待里，终于到秋天了。此时的棉桃在农人的殷殷期盼中越长越大，从翠绿到深绿再到紫红。在阳光的轻抚下，褐红色的棉花桃子含笑绽放，捧出了大朵大朵晶莹洁白的棉花，白得丰腴，白得热烈，白得玲珑剔透，白得耀眼生辉，白得人心里踏实而欢喜不尽欢欣鼓舞。开始是一朵，两朵，掩在叶子里，怕羞。几朵白云从棉田的上空飘过，棉花似乎受了鼓舞，悄悄地呈现出零星的白。风耐不住性子，过来推一把，于是棉花更站在了乡村大舞台的中心，如淋漓至极的冰雪山水画卷，绵延着，锦簇着，又像令人窒息的波涛涌现，白浪张扬，碎玉散撒，喧嚣着，澎湃着，直到天边。

而摘棉花，就成为这时节最主要的农活。儿时的我放学后常跟着大人提篮挎筐去摘棉花。在火辣辣的秋阳炙烤下，又高又密的棉花地变得异常闷热，在一望无际的棉田里，人们不住手地摘着棉花，不一会儿就满身大汗了，手臂上、脸上还常被棉花的枝枝丫丫划得又疼又痒。若遇阴天要下雨时，就顾不得棉花是否会沾上枯枝碎叶了，干脆连棉桃一起拽回来。晚上再趁着灯光连夜剥棉桃，往往困得眼睛都快睁不开了，但丝毫懈怠不得，因为一株棉花从育苗、栽种、坐蕾到开花、挂桃、结果，往往要穿越一年的时光，如果耽搁发霉了，一年的心血就白费了。

在棉花收获的季节里，家乡平坦开阔的晒场上，荡漾着一片缠绵的温情，满眼都是棉花堆砌的小山和棉花涌动的波浪。乡村的孩子们尽情地在温暖清香的棉花堆中蹦呀跳呀翻呀滚呀，使自己顽皮的身心沉浸在棉花母亲般的襟怀里。而那些种棉的乡亲们，因长年累月地侍弄棉花，脸变得更黑，背变得更驼，皱纹变得更深，但看着无数汗水凝聚而成的洁白如雪的棉花，乡亲们无一不笑，笑得牙齿像棉花一样白。那是个在梦里都会笑醒、连鼾声都变得踏实的季节。多少春日绵长多姿的理想，多少夏日曾经空虚的愿望，此刻都由它夯实，还有什么比这样的回馈更让人感动的呢？

在远离故乡的日子里，想到棉花，恍如想到老酒和旧梦，想到一树雪白的梨花和一场温暖的大雪，想到秋日蓝天下它朴实的气息和时光的表情……总能让人真切感受到来自棉花深处家乡人用心血和汗水倾情写就的那份沉甸甸的温暖。

（原载 2017 年第 9 期《江苏粮食》）

故土恋情

我的故乡坐落在苏北骆马湖东岸一片肥沃的土地上。故乡的土松软、黝黑，默默无声地哺育着一代又一代故乡人。我也是吃着故乡土长出的粮食、喝着故乡土生出的泉水长大的孩子，因此，和所有故乡人一样，我爱故乡的山，爱故乡的水，爱故乡的人，更爱故乡的土。但随着近年来故乡人口的逐渐增多，故乡土在故乡人心目中的地位却似越来越低了……

儿时的故乡横卧在一望无际的田野上，屋前茁壮着片片油绿的庄稼，屋后挺拔着棵棵高大的绿树，空气中到处弥漫着故乡泥土清新浓郁的气息。可当我离开故乡一段不短时日，在外求学归来后，故乡却变得快让我认不出来了。故乡的房屋变大了，原先低矮狭窄的瓦屋草房都被高大宽敞的别墅楼房取代了；故乡的村庄变密了，原先房前屋后的庄稼地没有了，都盖上了一排排整齐壮观的新楼房；随着故乡人口多起来的还有那一座座砖窑、工厂，那一个个排列紧密的坟茔……总之，故乡不知不觉变富了、变大了。但我也能从故乡人筑房、建窑、盖厂、修坟中看到他们繁荣富裕的背后，有些却是以减损大量土地为代价的。因为有些房是挤占耕地筑的，有些窑是损毁农田建的，有些厂是圈划田地修的，所有坟都是抢占活人一席之地堆的。看着生我养我的故土在一天天减少，我心难受，我情无奈。虽然明知故乡人圈地建厂是饮鸩止渴、杀鸡取卵之举，死人占活人用地是封建愚昧在作怪，但我一介书生又有什么能力来改变这种现状呢？我只能在心底大声疾呼：故乡人啊，不能再浪费土地了，土地是我们的立身之本啊！我只能在稿纸上深情召唤：归来吧，故乡的土；归来哟，故乡的地……

后来，由于工作需要，我又不得不离开故土，到繁华的小城去耕耘孩子们的心灵。万水千山走遍，挂恋故土的情怀不变。我在课堂上擎着故乡清香的泥土，动情地给孩子们讲述着我国人多地少的国情；同时也欣喜地告诉孩子们，城乡建设浪费土地资源的现象已引起各级领导及有识之士的高度重视，这一现象现已得到有效遏止和控制……

真的，当我再次踏上熟悉的故土时，故土又渐渐呈现出的亲切明晰的笑脸，确实让我倍感欣慰：警醒了的故乡人正在想方设法向我们的子孙后代归还曾经被毁的土地，虎视眈眈吞食土地的窑厂被一座座拆除；密密麻麻与活人争地的土坟被一座座铲平；许多正要占地建房的故乡人也深刻认识到“人口众多耕地少，不加控制不得了”“但存方寸土，留给子孙耕”这些基本道理，打消了再建、扩建的念头……拆窑还土、平坟还田、科学合理利用土地，已使故乡人逐渐尝到了珍惜利用土地进行致富奔小康的甜头。随着故乡失而复得土地的越来越多，坐落在希望田野上的故乡也变得越来越富有生机……

我恋我越来越珍贵的故土，我爱我越来越富饶的国土；我恋我越来越美丽的故乡，我爱我越来越富强的祖国。

（原载 2017 年第 11 期《江苏粮食》）

温暖的牛哞

过去的苏北乡下，牛是主要畜力，很多人家都养着牛。我家也养过一头黄色的母牛，我的许多童年时光里就洒满声声牛哞。

老家坐落在骆马湖东岸，那里水草丰茂。春夏时节，父亲常让我和邻家小伙伴一起利用课余时间去湖畔草滩上放牛。小伙伴们爱找个宽阔而草盛的地方，将牛绳绕在牛角上，任牛儿自由去享受那青翠鲜嫩的草。乘着牛草亲密对话的空隙，小伙伴们或在林间捡点干柴，或在田头打点猪草，或往柔软的草坪里一躺，任和煦的阳光在身上肆意涂抹。

牛儿吃草的态度很认真，沿着一个方向地毯式推进，那样子好像不是在广阔的田野里吃草，而像在完成一项极严谨的工作。由于草滩较宽，有时牛的脖子够不着旁边的草，它刚刚迈出的一条腿就会退回来，扭过脖子，伸长舌头，卷起被它遗落的那丛。被牛啃过的草地，宛如被巧手的乡亲用镰刀割过一般，只剩下齐齐整整的草茬。

牛哞是乡村别有一番韵味的悠扬小调，是一种让人感到亲切温暖的旋律。在碧草如茵的草地上，在稻浪翻涌的田埂旁，在阳光暖暖的草垛边，牛儿突然的一声或几声悠长的哞叫，总能把人的情思拉得绵长。尤其是那群牛之间的呼朋引伴或母子之间的舐犊之音，总能让人体味到一种浓浓的亲情在心底弥漫。

每当夕阳西下，“牧归图”是小村别样的景致。吃饱喝足的牛儿甩着长尾巴，竖着大耳朵，慢腾腾地晃动着庞大的身躯，一步一个脚印地往村里走。大人们喜欢站在自家门口，对着牛群评头品足，谁家的牛今天吃得饱啊，谁家的牛越发变得舒展啦。我们这群放牛娃得意地跟在牛群后面，一直到牛儿站到它每天休息的地方，才把它们拴在一根木桩上。

秋尽冬凉，草木萧瑟，父亲就铡些存储的草料放到石槽里喂牛。牛儿闷头到石槽里，用舌头卷起一撮草，然后抬起头来，不停地咀嚼，就像人吃甘蔗一样，吃得津津有味，嚼得满口生沫。草吃得差不多了，牛就一头插进专门为它准备的水里，头也不抬，气也不换，咕嘟嘟，几分钟就饮完一大桶水。

炎夏酷暑，父亲会在牛圈旁用干草和湿草混在一起燃烧，熏起浓浓的白烟，让牛儿免受蚊虫的叮咬。数九寒冬，父亲会在牛棚里垫上厚厚的稻草，还把麦麸、豆面等拌在草料里，让牛吃得滋润。牛虽不会说话，只要你诚实对它，它绝对会把你当成最亲密的朋友。经常牧它喂它的人靠近它，它会高兴地哞哞叫着，把巨大的头投到你的怀里在你身上蹭来蹭去以示亲昵，用宽厚有力的舌头在你身上舔来舔去以示友好。

都说“养兵千日，用兵一时”，其实在机械化尚不发达的年代里，牛平日也并没有多少闲着的时间。春耕之际，在田地里，在阳光下，在风雨中，牛拖着沉重的犁，低着头一步又一步，从田头到田尾，一块接一块，耕遍田地的每一个角落，让人们抛粮下种。等到满地金黄，牛又要拉着满载的板车担当搬运工或拽着沉实的碌碡在烈日下轧场。到农闲时，牛还要围着厚重的石磨碾粉磨糊，一圈又一圈，走着没有尽头的路……

我家的那头牛，个儿不大，为了让牛省些气力，每当耕田犁地时，父亲总爱把一根粗绳捆系在犁耙上让我或哥哥用肩膀拉着，与牛并肩耕作。在父亲的吆喝声中，牛一步一步地在坎坷不平的田里走着，虽然它犁地不是很快，却没有丝毫不耐烦和偷懒，如一个朴实忠厚的庄稼人，一言不发地埋头苦干。我汗流浃背时，牛也已气喘吁吁，我转头望向牛，牛也常用憨厚的目光盯视着我，并发出低沉浑厚的哞声，似乎在和我交流感叹耕作者的不易，那种心有灵犀的感觉刹那间传遍了我的整个身心。

除了耕田犁地，牛还是家乡人一项重要的经济来源。当时乡村经济条件普遍不好，很多人家就靠养牛挣些收入。大家养的多是母牛，母牛一旦怀孕，就会生下小牛犊，这小牛犊长到几个月大可以独立生活的时候，就可以卖掉成为乡村人辛勤劳作的利润收成。我不知道，在我一路走来的小学、中学乃至大学的学费和生活费中，到底有多少是来自牛的身上！这使我对牛从另一个层面上充满了敬意，也使我明白为什么父亲已近老迈的时候，还要不顾我们几个子女的反对，不辞辛劳地坚持养牛。

后来，随着我的求学、工作之路，我渐渐远离了熟悉的乡村，与牛儿见面的机会也越来越少了。不久，年事已高再没气力侍弄田地的父亲不得不将家中那头饲养了近十年的黄牛卖掉了。卖牛那天，牛眼里噙着泪水，撤着四蹄久久不愿离开，贩子用尽吃奶的力气才把它牵走，走时牛还向着牛圈的方向，哞哞叫了几声，显得哀怨凄婉……

时光飞逝，几十年的光阴转眼就过去了。伴随着社会的发展、时代的进步，传统的农耕方式逐渐淡出，牛的耕作时代渐渐远去，原本牛哞声声的村落，如今已是牛迹罕见了。然而，历史的烟尘可以湮没牛儿在广袤大地上辛勤耕耘的影子，却永远无法抹去牛儿在人们心目中那种忍辱负重、忠诚实干的精神，牛儿那温厚深长的哞声啊，总在不经意间，从遥远的岁月深处飘来，暖暖地回响在家乡人心中。

（原载 2018 年 5 月 8 日第 1567 期《新沂市报》）

腊月风景

腊月，是农历一年中最后一个月份。一进腊月，年的气氛就逐渐浓郁起来。苏北家乡的腊月，别有一番动人的韵致……

家乡人把一年的喜庆与祝福凝聚在这个月份。买新房的人家忙着贴瓷砖，置家具，除旧布新迎新年。办喜事的人家忙着购家电，扮新房，用喜庆的鞭炮炸响传统与现代的热烈奏鸣曲。人们写春联、剪窗花、贴年画，把每条街道、每户人家都染上一层吉庆的红色。五彩缤纷的焰火、震天撼地的鞭炮，在红色的背景里绽放出“恭喜发财”“万事如意”的永恒祝福。红红绿绿的窗花，不论是艳是素、是大是小，每一幅都蕴含浓郁的美好，透出无尽的吉祥。

家乡人把一年的醇美与香甜浓缩在这个月份。进入腊月，家家户户忙着办年货，人流从各家门庭纷纷涌向集镇、商场、超市。人们脸上写着欢笑，采购好吃的、好玩的。采购好年货，人们手提车装高高兴兴往家赶。于是，楼房的走廊里便挂满了喷香的鸡鸭鱼肉，滚开的热锅里便沸腾着鲜美的猪牛羊肉。蒸年糕、蒸馒头的袅袅炊烟也演绎着家乡人的欢乐祥和，烹鱼、炖鸡的诱人香气则发布着家乡人步步高升的生活图景。

家乡人把一年的亲情与热诚浓聚在这个月份。在外漂泊的游子、独立门户的孩子，这时候都要回家，团聚在父母身边，全家老少围坐一桌。圆桌上摆满了代表一个古老民族文化传统的美味食品，在一阵噼噼啪啪的鞭炮声中，阖家举杯畅饮，碰杯声中闪耀着人情美、亲情美、友情美的火花。春节联欢晚会给家乡人带来了一道风味独特的精神大餐，丰足的压岁钱给天真的孩子们送去了一片无以言表的欢愉。

家乡的腊月，是一坛风味别致的醇酒，溢出一缕馥郁的真情；家乡的腊月，是一支清纯自然的民乐，奏出一曲温馨的浪漫；家乡的腊月，是一幅亮丽动人的年画，绘出一个和谐的时代。

（原载 2010 年 2 月 9 日第 359 期《新沂新闻》）

骆马湖畔我的家

如果有一个地方，常是梦里故事的背景，那一定是老家，是生于斯长于斯的地方。在烟波浩渺的骆马湖东岸，有一个名叫埠湖的村庄，那里就是我的老家，是我的先辈，也是我的童年和少年生活的地方。

骆马湖是镶嵌在苏北平原上的一方大湖，总面积三百七十五平方公里，湖面像一匹骏马的脊背。传说很久以前，骆马湖本是一片蛮荒之地，一天，天宫里的老龙马生下一子，初出世的小龙马兴奋得仰天嘶鸣，惊扰了正在做寿的王母娘娘，盛怒之下的王母娘娘欲杀小龙马。老龙马爱子心切，代子受过，被贬下界。只听一声轰鸣，老龙马流着眼泪临空坠落，使不毛之地汪然成湖，后人称之为骆马湖。

其实骆马湖并不是什么神马坠地而成，原是1194年黄河夺淮，大量泥沙堵塞沂水出路积水而成。解放前，沂水下游地区水灾频繁，贻害无穷。新中国成立之初，骆马湖为临时水库，汛期盛水，汛后种麦。为根治水患，国家先后建皂河节制闸、嶂山闸，筑南大堤，1958年以来又陆续将湖区十多万名居民全部迁出，腾湖蓄水，形成蓄水量大约九亿立方米长年蓄水的大型人工控制湖。那年秋天，母亲拉着儿女，父亲赶着牛羊，一步一回头，眼瞅着湖水吞没了庄园。终归是故土难别，离情如割，作为众多不忍离去的骆马湖移民户之一，我家和许多乡邻在政府的指导下搬到距离骆马湖较近的埠湖村重建家园，安身置业。

埠湖，因濒临骆马湖而得名，埠，意即“码头”。家乡距离骆马湖的确近！一条高高的骆马湖大堤，将湖里湖外分割开来。站在大堤向西看，大湖茫茫，烟波浩荡。堤东不足一里路就是我的村庄我的家。平心静气的时候，湖面上那高一声低一声的涛声都能听得到。过去的家乡人吃尽了水患的苦头，自从骆马湖修建长年蓄水库以后，水害变水利，不仅让昔日漂泊水上的乡亲们定居陆地，过上了平稳安静的日子，更有效解决了饮水、灌溉问题，使家乡众多盐碱地、岗土地变成旱涝保收的高产田。

俗话说靠山吃山，靠水吃水，依偎在骆马湖的臂弯里，家乡人的生活总和这骆马湖休戚相关，感觉湖就是村的一部分，村和湖是不可分割的一个整体。尤其是移民上岸的家乡人，除了种地，下水捕鱼的老本行从未放弃。农忙时，家乡人就忙于田里的收种，田里一旦忙清了，他们就带上渔具去骆马湖捕鱼。春夏秋冬，家乡人守着农时，赶着鱼汛，风里来，浪里去……

布谷催春的季节，骆马湖敞开封冻已久的心扉，成群的鱼儿在水草丛中寻欢作乐，机灵的野鸭贴着水面刺溜刺溜向前冲。湖边草地上，孩子们光着脚丫翻跟头、捉迷藏、放风筝。岸边田野里，家乡人抢农时忙春耕。欢快的农机声，银铃般的笑声，雄壮的号子声，和着骆马湖风吹浪打的节奏，组成了一曲雄浑的春种交响乐。

盛夏，万物热情都随着湖水一同高涨。满湖蒲草青青、荷叶田田，到处芦苇片片、菱角点点。当田野里的稻谷被秋风染得一地金黄，骆马湖也向人们袒露出丰腴的胸襟。骆马湖盛产银鱼、青虾、螃蟹这“湖中三宝”。骆马湖银鱼，通体洁白，透明如玉，有“水中人参”的美誉。骆马湖青虾，色青、个大、皮薄、肉饱，闻名遐迩。骆马湖螃蟹，雄者脂白如玉，雌者脂黄似金，是一种难得的风味佳肴。收获时节，村民们各显神通，单脚踩藕，网箱起鱼，湖边拾蚌，水中摘菱，一筐筐白莲藕，一篓篓活鱼虾，大筐小篓，大车小担，细心地搬，欢快地运，歌声满湖笑满村。

一方水土养一方人。浩瀚无私的骆马湖水培育了家乡人宽广善良的胸怀，也滋养了家乡人柔情似水的性格。农忙时节，如果谁家因故误了农时，乡邻们忙完自家田里的事自然会来相帮。谁家婚丧嫁娶，全村的乡亲都会赶来帮衬，不论亲戚故旧。遇到远道而来的客人，家乡人总会热诚邀约，烹调各味湖鲜，使人大饱口福，即使一顿便饭，也有炒鱼丝、烩鱼片、炖鱼块、清蒸鱼、虾仁汤等。莲子米、菱角米、芡实米做成的粥，更是一家煮饭，十户飘香。

尽管骆马湖在遥远的过去曾带给我们不少的伤痛，但更多的是，她以母亲的情怀接纳、抚育她的每一个儿女，给我们的生活带来了无尽的欢乐和回忆。特别是实行家庭联产承包责任制以后，家家房屋临水而起，户户宅院宽敞明亮，片片农田成方，条条阡陌纵横。今天的家乡人更沐浴着融融春风，充分利用骆马湖资源优势，撸起袖子加油干，通过生态养殖、水产加工、特色餐饮及建设生态农业示范园和湖滨度假村等，造就了业兴人和、水秀村美的一方新天地，家家户户的小日子如芝麻开花节节高……

从小玩在湖边，吃着湖虾、摸着白鱼长大，后来上学、工作、结婚，与家乡的距离越来越远，可对家乡的眷恋却愈来愈深，每一次回归故里，坐在骆马湖畔，走在熟悉的田间巷陌中，那水，那船，那人，那田，还有那忘不掉的童年渔趣，都一一浮现眼前。啊！埠湖，骆马湖畔我的家，你虽然和祖国版图上无数乡村一样，不大，也很普通，但在家乡人的心中永远是一首温馨的诗、一曲深情的歌、一杯浓醇的酒。无论走到哪里，你美丽大方的容颜、丰腴曼妙的身姿，都如花一样绽放在家乡人的心坎上；你慈祥温暖的心地、博大慷慨的胸怀，都如水一般流淌在家乡人的血脉中。

（原载 2019 年 3 月 1 日第 29 期《江苏文学》）

衣食住行里的故乡

衣食住行，是每个人一辈子都为之奔波忙碌又感情纠结的事情。故乡坐落在苏北骆马湖东岸一个叫埠湖的小村庄，作为一个出生于二十世纪六十年代末的人，故乡保留着我青少年时代衣食住行的所有痕迹，记录着我生活的酸甜苦辣，那些梦中冷却的故事，那些曾经尘封的记忆，常常羽化成翻飞的蝴蝶，飘飞在我思绪的空间，时远时近，模糊又清醒……

民以食为天。二十世纪六七十年代，故乡实行大集体经济，受生产力水平限制，那年月粮食产量普遍不高，遇到伏天干旱、秋里雨涝，收成更是不好，有时还要挖点野菜充饥。那时的农家做饭都烧柴火，每逢晨昏，故乡一排排土房顶上的烟筒里冒出一缕缕青烟，在风儿的拂动下，画出一幅简单质朴的乡村炊事图。由于经济拮据，各家各户一年到头吃不了几次肉，只有逢年过节时，才能凭票购买一点肉。为了避免清汤寡水，那时人们都托熟人找关系想方设法买点肥肉，因为肥肉有膘可以炼油吃。当时父亲在粮管所做点事，母亲一个人拖着并不强健的身体，带着我们姐弟，白天在生产队里干农活挣工分，回家还要照顾我们，由于家中劳力少，每到年底算账分红，我家总是欠款户，分得的口粮根本不够吃。为了多挣点口粮，我们姐弟几个放学、放假，有时也会跟母亲到生产队里去帮着耕地、整畦、播种，学习收割、打轧、扬场，积累些劳动经验。那个年代学生也很苦，当时我和许多同学一样每周都是带一卷煎饼和一瓶咸菜作为伙食，夏天吃发霉的煎饼和带馊味的菜、冬天啃干馒头喝带冰碴的水在同学中十分普遍。日子虽苦，但乡村却处处洋溢着浓得化不开的人情味。每遇红白喜事、建庄修院，村民便会前来帮忙；哪家要有个三灾两难，亲朋好友或拿几张煎饼、几根油条，或拎几斤水果、几袋糕点，前去探望。沐浴着故乡的炊烟，吃着故乡的粗茶淡饭，我渐渐长大，现代工业文明更让故乡人也早享受上了做饭不用柴火的日子，以前因粮食不够用来充饥的野菜、粗粮今天已华丽转身，成为人们餐桌上的健康食品。如今走进故乡，几乎看不到屋顶的烟囱了，但故乡的炊烟一直是存于我心底的最温暖的记忆，时常萦绕脑际提醒我什么叫苦、什么叫甜，如何持家、怎样生活……

人靠衣裳马靠鞍。那年月我家兄弟姐妹多，穿衣紧张。衣服总是姐姐穿了妹妹穿、哥哥穿了弟弟穿，总要把衣服穿得破烂不堪、没有缝补价值了，才一块一块剪开，洗净晾干，再用糨糊浆一下做鞋底用。那时，为了让我们穿上新衣裳，母亲常把从供销社托人找来的包装布或棉布面口袋拆开，用颜料染成黑色或者蓝色做衣服给我们穿。印象中我小时只有一两件略微能穿出去的衣服，都是晚上洗，第二天穿，有时遇到阴天，还得穿着湿衣服出门、上学。至于鞋袜，那更是随便打发。记得小学至初中，我一年四季穿的都是前露脚指头后露脚后跟的“解放鞋”，冬天往往冻得脚后跟裂开一道道血口。邻家表叔老许同情我们，经常从城里亲戚家中带回些过时不穿的衣服，送给我们，即使是旧衣服，穿在身上也觉得很牛，甚至平时还舍不得穿，只有过年或者走亲戚时才穿上。为了省点做衣服钱，那时衣服多是手工缝制。农闲季节，母亲戴着老花镜灯下缝补、做衣的情景，至今让我记忆犹新、难以忘怀。穿着母亲缝制、邻家相赠的布衣，我走出了故乡，走出了乡村。如今，新衣服在故乡已再不是奢侈品，各色各样的衣服每人每年都要买好几身。虽然现在生活好了，但我仍保持着节衣缩食、艰苦朴素的传统，不敢奢侈浪费，这与当年那段刻骨铭心的磨砺应该是分不开的。

安居才能乐业。在那衣仅蔽体食仅果腹的年代，房子是最大的奢侈品，更是衡量一个家庭是否富足的不二标签。那时，我们全家七八口人挤住在两三间草房里，家里除了几张木床、一张吃饭的小木桌、几只板凳就再没什么家具了。冬天四处进凉风，夏天遇雨到处漏。一张床上铺些麦草、放两床破被子，姐妹或兄弟两人挤睡一床。冬天倒也挤着暖和，夏天可就受罪了。地上、房顶到处是老鼠的地盘，经常折腾得让人难以入眠。土屋破旧矮小，可母亲总把它拾掇得干干净净，有限的几件简陋家具，都摆放得整整齐齐。父亲为我们亲手制作的风车、弹弓等玩具点缀其中，墙壁上挂着《红灯记》《沙家浜》等贴画，也给家人一种温暖舒适的感觉。记不清有多少个酷热难耐的夜晚，父亲和母亲在院中或屋内为我们讲凿壁偷光、孟母断机等成才报国的故事，说一说婶子大娘和睦相处的事情，使全家人陶醉在温馨的气氛里；更难忘多少个寒冷刺骨的晚上，父亲不在家时，母子几人共用一盏小煤油灯，母亲做着针线活，陪伴我们看书学习，有时我们都早已睡熟了，母亲还在吃力地纳着鞋底……在经济不宽裕的日子里，简陋的小屋就这样风雨飘摇地为我们遮风挡雨了好多年，让我们在战战兢兢中熬过了那些艰难的岁月。进入二十世纪八十年代后期，故乡人家收入普遍有所提高，父亲推倒了旧草房，翻盖了三间大瓦房，再加上姐姐、哥哥们婚嫁后搬出另住，我们一家人再不用挤在窄小的木床上经受冰火煎熬了。九十年代以来，故乡有的人家通过打工和买卖农副产品自力更生盖起了小楼房，有的实在困难的人家也在政府和乡亲们的帮衬下改善了居住条件，此间我家又将三间老瓦房改建成了两层小楼房。住在装饰一新、窗明几净、水电齐全的新房里，我终于有了踏踏实实的感觉，儿时“楼上楼下，电灯电话”的梦想在老家成为现实。

千里之行，始于足下。以前老家的道路多是沙土路，那时老百姓出行大多靠脚走，赶集上街、走亲串门、卖粮买肥、收割庄稼，全是肩膀扛、板车拉。印象最深的就是几次和小伙伴们到邻村赶集，十几里路走下来，脚上总磨出几个大血泡。那时故乡人要去趟城里也不易，凌晨三四点鸡一叫就得从家里起身，徒步六七里走到街上，一天就一早五六点一趟班车，过了这班就没下班，回去等着明天再走吧。当时，能有一辆自行车是许多家庭的梦想，尤其是家里有哥哥或姐姐谈婚论嫁，即便再困难，也要设法弄辆自行车，好风风光光地驮回另一半。那时骑车最怕下雨了，有一次父亲骑车带我去县城看电影《少林寺》，回家时突然下起了大雨，全身淋湿不说，那辆带来方便的自行车，轮子里裹满了泥巴，推又推不动，只有扛起来，艰难往前挨。我小时候家离学校有六七里路，每天也都是穿村过田步行去上学，往往晴天一身土、雨天一身泥。尤其是冬天，深一脚浅一脚地跋涉在冰雪中，不小心就滑跌在地，满身泥雪。每次放学回家，父亲或母亲常早早地站在村口小路上张望，那瘦弱的身影，还有那布满沧桑的面庞，始终是我梦里挥之不去的乡愁。故乡那一条条泥土小路啊，似一页页纸张，记载了我和我的祖辈、我的家人、我的舍邻、我的故乡与生活抗争的酸甜苦辣，也浸满了我少年求学的汗水，更激发了我对人生的抱负与期望……随着生活水平的逐步提高，家乡的道路越铺越宽，路上的车辆越来越多，踏着故乡熟悉的小路，我也离故乡越来越远。二十世纪八十年代末，我考上师范，搭着邻家朱大哥轰轰作响的拖拉机一路颠簸着来到几十里外的火车站，踏上了异地求学的征程。九十年代初，我分配到离家近十里路的乡村小学教书，为便于工作，我买了辆摩托车，一骑就是好几年，直到我调进县城。九十年代中期，为方便收、种，家里逐渐添置了拖拉机、收割机、三轮车。进入新世纪，我家又添置了大货车、小轿车、电瓶车等交通工具，加上宽阔的柏油路，城乡电动公交班车每隔十多分钟一趟，故乡交通变得异常便捷，几乎和大城市也不差什么了……

华丽转身的野菜粗粮、不断丰富的换季新衣、几度变迁的老家房屋、愈发便捷的乡村交通，折射出故乡一路走来的沧桑变化，承载着父母一生的辛勤劳作，更包容着我们一家人的风雨亲情。吃着故乡的饭、穿着故乡的衣、住着故乡的屋、踏着故乡的路，我走过了人生的青少年时代。故乡就像一位慈祥宽厚的母亲，虽然日子并不总是富裕、光鲜，但她从来都把所有能给孩子的东西全都奉献出来，并从容安详地目送每个远行的孩子。随着我的年纪越来越大，记忆中的故乡似乎也离我越来越远了，可是那凝聚在故乡衣食住行里的一串串写满艰辛困苦的贫瘠日子、一段段镌刻时代印痕的寻常故事、一份份涌动血脉心潮的亲情乡情却丝毫没有减弱，总是在脑际泛起思索的涟漪，教我知足感恩、不懈向前……

（原载2019年第2期《新沂文化》、荣获江苏省家庭档案研究会与《档案与建设》杂志编辑部联合开展的“家庭与祖国共成长——庆祝新中国成立70周年征文”二等奖）

烟雨窑湾

烟波浩渺的骆马湖像一只巨大无比的河蚌，静静地躺在广袤的苏北平原上。窑湾临湖而卧，犹如这只巨蚌孕育的一粒珍珠。浸润着骆马湖的清涌之水，濡染着古运河的璀璨文明，在尘世风雨中沐浴了千百年的窑湾愈加散发出迷人的光晕。乙酉岁末，我和数十文友雨中驱车踏访古镇窑湾，感受了一番烟雨中别样的苏北水乡风情。

走进窑湾，宛如翻开一本古朴沧桑的线装大书。窑湾坐落于京杭运河与骆马湖交汇处的一块高地上，对于南来北往的客商而言，正是补充给养、歇息打尖、互通有无的绝佳之地。在陆路交通尚不发达的年代，窑湾因其特殊的地理优势，在明清漕运时期曾经繁华鼎盛，江西、福建、山西、安徽等地客商捷足先登，河北、河南、山东、苏镇扬等地商旅纷至沓来，“日过桅帆千杆，夜泊舟船十里”，典当行、糕点坊、酒肆茶楼、教堂货仓，各色店铺林立，一片繁荣景象，素有“黄金水道金三角”和“苏北小上海”之称。古镇到二十世纪四十年代，依旧是繁华的中转码头和商贾云集之地，后来随着水运优势的消失而日渐沉寂、落寞，但至今仍遗有山西、江西、福建等各商帮建造的宏大会馆及众多飞檐翘脊的富商宅院八百余间。风雨斑驳了古镇，时光见证着沧桑。一块块青砖、一片片黛瓦，镌刻了窑湾从无到有的千年经历；一拱拱石桥、一间间老屋，书写了窑湾人祖辈繁衍的历史；一座座码头、一条条古巷，展示了窑湾人世代勤勉的民风。隔着迷蒙水雾，凝望氤氲在烟雨中的古镇窑湾，如梦似幻，好像一抬脚就踏进了浩如烟海的历史，繁华之后的窑湾竟是如此深沉、恬静。

踏入窑湾，好似步入一幅简约清灵的水墨画卷。窑湾三面环水，众多穿镇而行的小河，赋予窑湾生命的灵动。鳞次栉比的古街、民居多依水、依势而建，最高也不过两层楼建筑，石头垒成地基，上面盖房，灰墙黛瓦，高低起伏，错落有致。丝丝细雨轻轻敲打着黝黑的瓦片，随着瓦楞汇聚成涓涓细流，潇潇洒洒地滴落下来，在苍劲的石板老街上写就了一串串意韵深长的光阴故事。雨巷幽长，不时有一位丁香一样的姑娘，撑着油纸伞，踩着碎步，从身边悠然而过。一座座造型别致、古色古香的小桥，或石拱或平铺，横卧在纵横交错的小河上，桥根结苔青黑，好似在展示昔日不一般的历史沧桑。尤其是那些拱背高高隆起的拱桥，不论是圆润的圆洞，还是高耸的飞弧，都给田野平畴的平直带来了异动，将远村近水衬托描摹得那样和谐。屋旁桥下的水流经千年，依然平静、清澈。凭桥远眺，雾霏霏，雨蒙蒙，水巷、河埠、石阶、岸树、拱桥、长廊、楼阁、庭院绰约有致，好像一幅婉约的巨幅水墨画，又恰似一幅质朴的民俗风光图。

徜徉窑湾，仿佛融进一个淳朴温厚的美味世界。传统商道犹如古镇西大街那棵几百年的古槐一样在窑湾人心中深深扎下了根，今日窑湾人纷纷将自己由来已久的生活，打成一个个商业的包裹，放在沿街的商铺内、门前的摊点上，供游人自选。宽不过两米的街道两旁密密匝匝挤满了店铺，店铺多为明清时代传统的砖木结构老式瓦房，屋檐下悬挂着一串串的红灯笼，一种古朴的市井气息四处弥漫。游客购买较多的还是当地生产的桂花云片糕、窑湾绿豆烧及甜油等特产。桂花云片糕选用上等白糯米炒制成粉，再拌以油、糖、桂花酱等制成，入口香甜，绵软润滑。窑湾绿豆烧以优质高粱、豌豆等为原料，配以红参、当归等多味中药，经入缸沉淀酿制而成，色泽棕绿，味道甘醇。窑湾甜油仍以古法生产，取小麦熟面块堆放于酱缸中经遮光高温发酵制成，虽小雨淅沥，鲜美的酱香还浓浓地透过酱缸上的巨大罩笠在空气中四处飘散。来到窑湾，湖鲜岂容错过？骆马湖中新捕上来的鲜鱼，用湖水煮了，除了盐和辣椒，并不放其他作料，吃起来就味美无比，还有煎得亮黄松脆的小鱼、煮得鲜嫩无比的鸭蛋、汆得晶莹剔透的莲藕……保证你一辈子过口难忘。走走停停中，我在张家厅堂尝了一块又糯又香的桂花云片糕，在赵家酒坊品了一杯刚刚酿成的窑湾绿豆烧酒，又登上了一座不知姓氏的茶楼，在民间柳琴小戏婉转悠扬的旋律中，让茶香与心情一起飘出陈旧得褪了色、露着木茬的窗棂……

漫步窑湾，又像踏进一片闲适恬淡的世外桃源。苏北的三千弱水滋养着窑湾隽秀内敛的情愫，这里的人完全不像都市人那么匆匆忙忙、被时间左右和支配，他们似乎早已把自己融入古老的民居、融入静静流淌的溪流、融入神闲气静的老树，推开任意一扇木板门，眼前都是一幅恬淡宁静的生活画。老屋门口，穿着厚棉衣、头戴大棉帽的老者静静地坐在门槛上悠闲地抽着烟斗，目光迷离，好似看破红尘一般。廊亭石凳上，几位白发苍苍的老妪并排而坐，在家长里短中尽情享受着水乡风情。摊点炉火旁，几个孩童仰脸痴听老人们讲了许多代都讲不完的窑湾故事。门前小河上，年轻的小伙子们摇着叶叶扁舟戏雨而行。就连生意红火的酱园酒肆也不张扬，商家一口豁达随意的苏北方言，安然平和地邀你品赏……细细品味这里的宁静与安详，我忍不住放慢了脚步，一颗在钢筋水泥丛林里待久的心也渐渐舒缓了，好像穿越时空，来到古昔，看世事更迭，恍如千年一梦……

虽与窑湾亲密接触不过半天时间，但我一颗躁动的心却早已融化在这片无比曼妙的景色里，我真想留住我的脚步长驻于此，可是，窑湾穿古透今，始终笃实而从容，而我，怎能搁下世事，清修一份随意呢？挥挥手，轻轻地告别，我走了，窑湾！满载一怀的静幽，糅杂几丝的清愁，走出千年，期待来日的重逢！

（原载2013年第2期新沂市政协《学习与交流》、2019年12月江苏凤凰文艺出版社“2018苏北作家看窑湾”作品集《窑湾——大运河之子》）

小河弯弯向南流

水是生命之源。逐水而居，是人的天性。城市因水而建，村庄更是这样。老家紧邻江苏第四大湖骆马湖，地处水系比较发达的富庶地带，河流纵横，港汊密布。村东、村西分别有两三条南北河沟，一直向南流入骆马湖。家家户户的房前屋后，不是有小沟环绕，就是镶嵌着镜面一般的池塘。

俗话说靠山吃山、靠水吃水，依偎在骆马湖的臂弯里，家乡人的大部分生活都和这水休戚相关。在村庄四周到处铺陈的水塘沟河成了家乡人的天堂，尤其是村西那条名唤月河的小河，更是家乡人的生活依托。小河不宽，水也不大，只是一条如深闺处子般鲜为人知的普通小河，娇羞地扭捏着苗条的身躯从我家西面匆匆走过，一路弯弯南奔，悠悠流向骆马湖。

作为一个出生于二十世纪六十年代末的人，从有记忆时起，就知道家乡那条小河与季节有着天然的联系，不同的季节具有不同的风采，既滋润着农田，也养育着一方生灵。尤其在七八十年代，物质较为匮乏，再加上乡村的闭塞，童年的活动所能延伸的空间极其有限，这条小河就成了我们小伙伴朝夕相伴的乐园，烙下了我成长的足迹……

春天，小河在睡梦中苏醒，像一条银色绸带，飘逸在村边湖畔。河里，一群群鱼儿、鸭子来来往往，呼吸着春天的气息，怡然自得。芦苇、蒲草刺破冻土，冒出了一丛丛鲜嫩欲滴的芽。岸边杨柳依依，展开了鹅黄的嫩叶，微风吹来，随风摇曳。许多不知名的野草也从泥土里钻出来，散散漫漫地把河边斜坡上裸露的黄泥覆盖出一片片新绿。农人随地点种的丝瓜、南瓜等，沐浴着春风，匍匐在广袤的河边地上，绿意盎然。春风拂动时节，我常和小伙伴们来到河边，打草挖菜，放牛牧羊，欢笑声、柳笛声穿过河面，回荡在天空。

夏天，劳作一天的人们，习惯来到河边乘凉，伴着潺潺水声，津津有味地谈古论今。夏日的小河，还是庄稼的命脉。天气旱了，家乡人常架上水泵，或肩挑车拉，不分昼夜地从小河弄水浇地抗旱；雨水大了，庄稼淹了，就挖沟引流，把水排进小河里去，使家乡免去洪涝之忧。

秋天，小河显得更加清澈丰盈。河水一碧见底，水下的游鱼、碎石、水草都看得清。河两岸的庄稼，在秋风的吹拂下，遍地金黄。枯黄的草丛里，各种秋虫的鸣叫声，交织变幻。秋高气爽时节，家乡人爱结伴到小河边洗衣、淘米、择菜，一边干活，一边大声聊天，欢声笑语此起彼伏。

冬天，小河被冰雪覆盖，沉睡着等待春天的到来。

到小河里逮鱼捉虾更是家乡人的最爱。家乡的小河内接沟、渠、塘，外连骆马湖，鱼虾成群，种类繁多，有鲤鱼、鲫鱼、鲢鱼、鲇鱼、泥鳅、黄鳝等等，另外还有河虾、螃蟹、贝类，偶尔还能见到甲鱼。家乡的大人们多爱撒网、围鱼，即使不讲章法，胡抓乱逮也有收获，有的扎到河底的鹅卵石下摸鱼，有的在近岸边的草丛中捉鱼，有的用笊篱或固定在手柄上的丝网捕捞河虾。

特别是夏天连续大雨的时候，小河涨水了，骆马湖里的鱼儿喜欢沿着奔腾的河水成群结队逆流而上，此时小河边沿的水坑、河汊里常常住满了鱼虾。在那小河坑里，随便弄个小篓子、小篮子、小网子，都能满载而归。运气好了还会弄到条大鱼，更会一惊一乍地艳羡全村。

那时家乡水质好，鱼的味道鲜美，在生活并不富裕的年代，能吃上一顿鲜香的鱼解解馋，也算是一次奢侈的盛宴了。因此，每当我们把捉到的鱼拿回家时，父母露出那久违的笑脸是何等的开心啊。大人们忙不迭地接过去，舀水，抱柴，收拾鱼；淘米，涮锅，烧炖鱼。将洗好的鱼往锅里一推，撒上一把盐，放上几段葱、蒜，倒上两瓢水，连油都不放，文火烧开，大约半小时左右，一股诱人的鱼香便透过锅盖的缝隙四下弥漫开来……

灌溉农田，养育鱼虾，饲饮禽畜，哺育乡亲……清清的河水如一条银带在我心灵的天空闪烁着晶莹的光芒，或涓涓细流，或奔腾咆哮，或绵延冰封，以不同姿态迎接着四季的轮回，给人以力量、以欢乐、以灵气、以希望，恬恬地滋润着家乡人的心房。

岁月如梭，我和众多一代代家乡人一样，在小河的滋养下，不经意地长大，走出村口，走向远方，住在了远离家乡的城市等地方。走出家乡的人，有的很少回来，有的偶尔回来，有的一去不回……但小河依旧日夜不息地静静南流，细数着远去的岁月，洒下一路沧桑。

不知不觉到了八十年代末、九十年代初，由于家乡上游厂矿企业的兴起、人口的增多，河岸边有人临河建房、有人开起了砖瓦窑厂、有人办起了养殖场，小河的空间被大大挤压，小河的水一天比一天浑浊。再加上水利失修、化肥农药的广泛应用，甚至有人把小河当成了垃圾场，将种田用的农药包装袋或是玻璃瓶，随意地丢弃在河水里、河岸边，肆意向河内倾倒各种脏物，渐渐地，红的黑的白的塑料制品散布于整个河道。“城门失火，殃及池鱼。”河床淤积变窄，生态失衡，芦苇没了，水草没了，更令人厌恶的是，还有人用剧毒药物药鱼、用电打鱼，再也难看到河鱼的踪影，就连水中的小虾、淤泥中的泥鳅也很少看到了……

自然界千万年创造出来的美景，人类为了获取眼前的一点财富而向大自然无限度地索取、掠夺，几年之内，美景就可能破坏殆尽。那段时间内，家乡村里村外经常垃圾遍地、污水横流，春夏季节蚊蝇成群，秋冬季节纸屑、塑料袋满天飘飞，特别是村西那条令人魂牵梦绕溢满了童年甜蜜回忆的小河，更是满目疮痍，惨不忍睹。她翻冒着白沫，再也听不到生命的交响；她散发着腥味，再也闻不到自然的芬芳。呜呼，小河在挣扎、小河在喘息、小河在哭泣……逮鱼摸虾，这些曾经村庄人自给自足的吃鱼方式，连同那些逮鱼摸虾的工具，都渐渐湮没在了一段不堪回首的时光里。大人孩子们再也不敢进河里洗澡、嬉戏了，姑娘媳妇们再也不敢到河边择菜、洗衣了……

我在烟火流年里唏嘘，我在奔波忙碌中成长，已很少能走近家乡的小河旁，即使回来，亦如路人，匆匆而过。虽然我离开了家乡的小河，但我的心从未离开过她，小河总在我的血脉中潺潺而动。每当月圆之夜，站在远离家乡的城市天空下，我总是对着茫茫夜空无尽仰望，想念在月亮的下面住着的那条弯弯如月的小河，想念在小河的旁边住着的那座烟雾迷离的村庄。每当秋寒之际，站在远离家乡的城市天空下，我常追问南归的大雁，你是否路过我的家乡、看到我日思夜想的小河？我想借着你的翅膀，捎去我深情的问候！一句久违的你是否别来无恙，牵引出缠绵的心事。多少次梦里走进小河的怀抱，在她轻柔的碧波里自由漂荡，听她诉说那弯弯的忧伤，醒来却发觉我已漂得太久、走得太远……

环境秀美，关键在水！河流如同大地的血脉，不仅孕育了河中的鱼虾和众多的植物、浮游生物，还润泽着两岸的草、灌、乔等植物，是鸟、蛙、龟、蛇等动物的栖息、繁衍之地，同时，还发挥着调节气候的功能。无论城市还是乡村，拥有一汪洁净的水，就多了一双灵动的眼睛！可喜的是，家乡人在经年不断地与大自然的搏击中，通过小河的时涨时落、时清时浊，有感于风、雨、雷、电的巨大威力，天地、植被、水质与人的共生关系，逐渐认识到自然规律不可违的浅显道理，认识到家乡因河而生、因河而长，小河就是家乡的肺腑，只有呵护好小河，才能让家乡尽情呼吸春风秋雨、让岁月永远神清气爽。由此慢慢开始理性回归：既要金山银山，也要绿水青山！绿水青山就是金山银山！面对被糟蹋得千孔百疮、一片狼藉的家乡小河，怎么办？只有"待从头，收拾旧山河"！

进入九十年代后期以来，家乡人以壮士断腕的决心，相继关闭了上游一些工厂、砖厂、养殖场。在深入清理河道的基础上，在沿河两岸加大植树造林力度，涵养水源。为了保护生态又增加收入，鼓励村民减少化肥农药用量、增加有机肥使用，同时引领村民在田地里搞生态种植、养殖，主要包括稻虾、稻鸭、稻鱼、稻蛙共养等。村里还制定了村规民约，规定任何人都不准在河段内电鱼、炸鱼、毒鱼。经过一个时期的整治，故乡的小河逐渐再现生机，河水由昏黑变清澈，河里又能看见很多鱼儿在嬉戏，河面又能看到许多鸭鹅在游耍，就连多年不见的白鹭等国家重点保护鸟类也来此越冬、栖息了。绿树、繁花、翠鸟投影在清流中，勾勒出一幅人与自然的和谐画面。

今年清明节期间，我回老家祭祖扫墓，特意绕道经过那条小河。河水清澈如初，流量大且流速快，不时荡起一层层波澜，激起一朵朵美丽的浪花，"哗哗"欢快的流水声，不断敲击我的耳鼓，似乎在向曾经亲近过她的戏水顽童打招呼，向我这个远道归来的游子诉说她过去几十年跌宕起伏的命运。我走下河堤，双手捧起河水喝了一大口，感觉清凉甘甜，然后捧水洗脸，清水滑过脸面，恍如记忆中母亲柔弱而坚强的手，倍感凉爽惬意！

站在翠绿的小河堤岸上，凝望家乡这条历经岁月风尘洗礼、重获新生的小河，只见她正以崭新矫健的步伐，冲破重重阻拦，一路高歌，弯弯南行，款款流向骆马湖；只见她正以长流不息的姿态，用涓涓细流滋润沿河两岸草木丰茂、稻麦飘香，用绵薄之力助推家乡繁衍生息、万物生长……我真希望不久的将来从工作岗位上退下来后，在城里待腻了，我能如幼时一样，在这绿树为邻、碧水为畔的故园久居，心无杂念，日看万波逐萍、夜枕绿水而眠。

（原载 2019 年第 4 期徐州市作协《大风》）

观一个馆　懂一座城

也许“只缘身在此山中”的缘故，素日很“宅”的我脑海中一贯认为家乡新沂只不过是苏北版图上的一个极普通、平常的地方，近日走进新沂产业展览馆，细观静听，不禁对这座生于斯长于斯的城市油然而生一种刮目相看之感。

“新沂概况”展深厚、显实力。初入展厅，极富冲击力的视频画面、独具感染力的解说语言生动展示了新沂从古至今的历史变迁，从万年前的石器时代，到五千多年前的花厅古文化，再到如今的新沂；从人类文明起源，到手工业、农业不断发展，再到参与新时代现代化建设，新沂走过了极不平凡的历程。路道两边天蓝色的幕墙上醒目的白色字体一条条记录着新沂的发展大事和获得的各项荣誉，这些大事和荣誉，将1990年新沂撤县建市以来建设、改革和发展的故事娓娓道来，诉说着沂沭大地的沧桑巨变，见证着家乡百万儿女的奋斗成就，更凸显了新沂勇立潮头、奋进争先的品质。

“城市规划”展前瞻、显魅力。拾级而上，舞台灯光跟踪系统、超大LED屏幕巧妙逼真地打造了一个沉浸式、影院式的城市展示空间，同比缩小的沙盘模型立体反映了新沂城市的整体格局和特征。山环水绕之间，一体两翼布局、交通枢纽规划、配合涉及民生的公共服务设施和市政公用设施的各类专项建设，错落有致，路道、街区、房屋、河湖、绿树一应俱全，模型、雕塑、灯光、影像、音响交相辉映，全面呈现出新沂城市建设的发展脉络与足迹，生动勾勒出一幅宏伟壮观的交通枢纽城市发展蓝图。

“产业新城”展创新、显动力。信步深入，多媒体演示、3D、影视互动等高科技产品，以象征工业设计美学的“齿轮”为设计元素，将精细化工、绿色食品、纺织服装、金属冶炼及压延等四大优势产业，新医药及大健康、新材料、先进装备制造等三大新兴产业有机串联，一件件实物模型、一幅幅图片图表、一段段视频短片，突出展示了新沂招商环境和产业新城的重点信息，集中展现了新沂创新引领产业发展的动力与活力，让人充分感受到所生活的这片土地，从创业、建业到兴业的历史发展进程是多么辉煌！

“生态经济”展绿色、显活力。移步换景，一块块展板分列两边，一张张图片迎面而来，在声、光、电等技术配合映照下，马陵山风姿绰约，骆马湖碧波荡漾，窑湾老街古色古香，特色小镇各具风采，智慧农业绿意盎然，花卉盆景多彩多姿，特产果蔬香飘四方，影像、实物、彩塑……多角度、全景式绘就出一幅浓缩新沂生态活力与魅力的全新画卷。那图，使观者赏心悦目；那声，让闻者耳目一新；那景，令来者心情振奋！

观看一个馆，读懂一座城。回望过去，家乡的发展令人瞩目；展望未来，拼搏的新沂更加可期！走进这座馆，我们是参观者；走出这座馆，我们是建设者。作为一个家乡哺育成长起来的人，我将一如既往和众多新沂儿女一样，接过历史传来的发展接力棒，用心血、智慧和汗水不断为家乡添砖加瓦，努力把家乡建设得更加绚烂辉煌！

（原载 2019 年 12 月 3 日第 1797 期《新沂市报》）

那段不能忘却的记忆

岁月如流，可以冲淡诸多记忆，但总冲淡不了我在乡村教学时的那段时光。那是二十世纪九十年代初，家乡撤县建市的第二年，我师范毕业，来到坐落于骆马湖东岸的一所乡村小学，成为一名教师。

在那诸事待兴的年月，我所在的学校和其他大多数乡村学校一样，校园内是一片颇具规模的小瓦房，院墙一隅还残存几间泥坯草屋。教师办公室都是学生教室改建的，十多个老师挤在一间屋子里办公，连一台电风扇都没有。教室里的黑板都是水泥打底制作的，板面用油漆等材料涂黑，粉笔在上面写不了多长时间黑板就变成了斑驳的白板。课桌凳一般是长条的木桌子配长条的木板凳，也有的年级是学生从自家带来的，高矮不一，参差不齐。教室门前的操场是用沙土、砂姜铺就的，坑坑洼洼，似老人皱纹纵横的脸。操场上竖着一副篮球架、摆着两张破旧不堪的水泥乒乓球桌是为数不多的体育设施。上下课信号是老师用铁棒敲打悬挂在办公室门前屋檐下一截锈迹斑斑的铁轨传达的，声音浑厚悠远，响彻校园及周边。

老师上课时，靠的是一块黑板、一支粉笔、一本书、一张嘴，更没有多少练习册、习题集什么的，凡是与课本不一致的题目都是老师写在黑板上，学生再抄下来做。写了擦，擦了写，一堂课下来，老师的头发常会被粉笔灰染白。每逢期中或期末都是老师最忙的时候，为了能如期赶出学生使用的试卷，老师们常常要在晚上借着白炽灯微弱的光，用一支铁笔、一块钢板、一张蜡纸一笔一画地把试题刻出来，再接着用手推油印机一张张印出来，往往试卷印好，也弄得人浑身上下全是油墨味。

那年月老师的收入不高，我当时每月的工资也就一百元多一点，还不如一个青壮年劳力务工赚的钱多，不少刚毕业的青年教师想找个有正经工作的对象都有些困难，以至于有的人后悔当老师而转行经商，或想方设法调到条件较好的县城去了，因此乡村学校师资常常捉襟见肘，需要请一些初、高中毕业的人来当代课老师或民办老师。由于工资微薄，我的很多同事，尤其是一些工资更低的民办老师、临时代课老师，大都靠业余时间再种点田来补贴家用。挽起裤管下地，放下裤腿上课，是当时很多老师们生活的常态。

师资的紧张、匮乏，导致有的年级不得不实行复式教学，也就是一个教室里坐两个年级的学生，比如左边的一年级坐十来个人，右边的二年级再坐十来个人，老师给一年级的学生上课时，二年级的学生就埋头写作业，等一年级学生安静写作业时，二年级学生的新课才刚刚开始。短短四十五分钟要讲授两个年级的课题绝非易事，因此复式班老师须做好“动”“静”搭配，统筹安排，常常忙得像陀螺一样不停地转，一天下来，往往口干舌燥，身心疲倦至极，晚上还要在如豆的灯光下批改如山的作业。我曾替一位同事当过一段时间的复式班老师，对此深有体会。

那年月当老师不易，做学生也难。学生都是附近村庄里的适龄儿童，近的要跑一两里路，远的甚至要跑十多里路，也没有什么自行车等交通工具，每天上下学全靠两条腿跑，砂石铺就的小路，晴天常跑得满身土，雨天常弄得满脚泥。教室里没有电风扇，也没有取暖设备，夏天几十个学生挤一屋，热得像蒸笼，冬天用塑料布遮住的窗户，北风一吹哗哗作响，冻得人直发抖。一些路远的学生，中午不回家，饭菜都是早晨上学时从家里带来的，两张干煎饼、一块老咸菜，喝点白开水，一顿饭就将就着凑合过去了。或许是农家的孩子都懂事早吧，学生们十分珍惜来之不易的学习机会，一有时间就投入书本中，很多学生的铅笔往往用到只剩笔头了还舍不得丢弃。

种不好庄稼一季子，教不好孩子一辈子。当老师，绝不能误人子弟！尽管当时基层学校条件简陋，但留守下来的老师没有一个计较的，大家总是默默地自觉干好自己的“良心”活。白天，老师和孩子们一起读书、学习、参加集体活动；晚上，认真备课、批改作业、反思教学；到了周末或节假日，老师还经常和孩子们一起到校园周边观景、采风、写作文，到空旷的野地里挖草药、捡谷穗、勤工俭学，甚至和孩子们一块儿到好几里路外的骆马湖去远足，寻访家园之美，厚植爱乡之情……忙忙碌碌中，虽然日子处处散发一种令人刻骨铭心的难忘的苦，却也不时透出一种让人倍感温馨的别样的甜！

光阴似箭，一晃三十年过去了，乘着改革开放的春风，家乡撤县建市后经济社会发展的步伐一年比一年快，我入职时的乡村学校与其他各行各业各单位一样早已今非昔比，破旧的校舍、落后的设施、紧张的师资早已定格在历史的画卷中，取而代之的是整洁的教学大楼、时新的教学设备、雄厚的师资力量。因工作需要，几年后我也离开了那所乡村小学，走进了城市，走进了机关，但我的心从未走出我挚爱的教育事业，那段建市之初在乡下执教的艰辛岁月，时常浮上心头、萦绕脑际，成为我人生旅途中一笔宝贵的精神财富，教我不论在哪里、无论干什么都要不忘初心、勤恳敬业，扎实走好人生每一步……

（原载 2020 年 6 月 2 日第 1868 期《新沂市报》）

故园木槿

昔日的苏北乡村，庭前屋后栽种桃树、杏树、李树等实用树种的不在少数，而栽一些不结果的花树，让花树占据着本来就不宽裕的生活空间的，很少。木槿却是个例外。那年月农家没有多少钱来买砖修墙建院，因此，生长迅速、身材修长的木槿便自然成为乡村人扎篱筑墙的首选材料。原来那时家乡人栽种木槿并非为看花！以前老家的菜园和院墙，都是父母用木槿作篱围成的，我的童年就是在长满木槿的故园小院里度过的。

木槿和众多乡土树种一样皮实好养。秋末冬初或早春时节，人们斫来一些长长的木槿枝，再斫成一截截整齐的木槿条，又一字形地扦插进房前屋后或菜园四周松软的泥土里，篱笆院墙小小的雏形就形成了。洒上几遍水，便不再理会。冬雪过后，木槿条被埋进深深的白雪之下，仿佛被人遗忘。只等几缕微风、几阵细雨、几声春雷之后，昨日还光秃秃的篱笆墙，一夜间无数枚如小手掌一样的淡绿的木槿叶便在春风中伸展开来。

接通地气扎下根的木槿总是不失时机地生长发育，即使生居贫瘠之地，无人松土施肥，也照样抽枝发芽，不停地挺直腰杆往上蹿，一年半载之后，木槿就出落、挺拔得像个乡村大姑娘了，人们适时修剪、编织，一片曲曲折折疏疏落落的槿篱院墙也渐渐初具规模。

五月，桃花谢了，菜花已落，春天走在远去的路上，苏北大地一片葱绿。在众花争春卖俏出尽风头之后，此时，散布在房前、屋后、庭院、菜园的木槿好像约好了似的，亮堂堂的花儿就不声不响地在万绿丛中次第登场，大大方方地绽放在清晓的晨露里，与盈盈绿叶交错叠沓，默默承担起春花远去后的那份颜值担当。

木槿花呈钟状，颜色有粉、白、紫等多种，花瓣亦有单、重瓣之分，但我小时所见，就粉红、淡紫的居多，且多是单瓣的。木槿花刚长成时是一个小小的花苞，被叶子裹着，绿绿的，花苞前端露出一点玫瑰红。过一段时日，花苞绽开一丝笑脸，爆出了粉红的花瓣。稍后，紧簇皱褶的花瓣慢慢散开，展露出一柱星星点点嫩白鹅黄的花蕊，出落成一朵风姿绰约的花儿，整个花形层次分明，鲜嫩夺目，宛如一张略带羞涩的纯朴少女的可爱笑脸。

木槿泼辣却不张扬，就是在花开最盛的时候，木槿花也不会展现得花团锦簇，而是一朵朵散开在翠绿繁茂的枝叶丛中，用绿叶掩映下的瓣瓣粉红淡紫随遇而安地守候着属于自己的那份时空。待到阳光落下，才好似完成了自己的使命，将花瓣静静地闭合起来。这种内敛平和的美，如同一位天资文静、素面朝天的少女，永远都不会以迎合时尚的招摇引人注目，只有走近她，才能感受到一种内在的坚守的美。

下雨时，木槿更显动人。缥缈的雨丝如烟如雾，颀长的木槿树在细雨中摇曳着身躯，粉红的花朵在碧绿的叶子间时隐时现，好像薄雾中一群少女披着绿纱露出了点点红唇，煞是迷人。历经风雨洗礼，有的木槿花蕊里注满了雨水，花瓣上沾着细细的雨珠，宛如盏盏玉碗盛满晶莹的琥珀，有的木槿花则毅然飘落，让位给新生的花蕾。阵风拂过，初绽的花蕾，弯弯的枝条，婆娑的绿叶，一起轻声细语，摇荡着满树满枝的素雅。

“黄茅盖屋东西舍，绿槿编篱上下家。”在那精神生活匮乏的年代，盛开在房前屋后的木槿花成了平凡百姓居家生活里最亮丽的一道风景线。面对家园四处星星点点或淡红或粉紫或洁白的木槿花，家乡的小伙子们喜从树上采摘下几朵开得正盛的花儿，跑出去偷偷交给邻家心爱的小妹妹，表达自己初萌的爱意。姑娘们爱从槿篱上折几枝木槿花蕾带回家，插在书桌上的清水瓶里，把单调劳碌的日子映得粉红透亮。老人们则乐意聚到木槿树下，谈天说地话桑麻，让并不宽裕的生活充满木槿的清芳。

木槿花更是昔日乡村孩子童年生活里一道最中意的物质与精神大餐。天好的时候，我常和大人们在槿篱小院里翻晒粮食。阳光酷热，我便采几根鲜嫩有韧劲的木槿条编成花环，戴在头上，新鲜、凉爽又好玩。槿篱上常有麻雀叽叽喳喳，瞅空就来啄食几粒，老母鸡也爱领着一群鸡崽赶来凑热闹，我和姐姐、哥哥们不得不拿根槿条，东奔西突地追赶，吆喝声、欢笑声伴着鸡鸣狗叫声淋淋漓漓洒满农家小院。杨万里有诗云，“稻穗堆场谷满车，家家鸡犬更桑麻。漫栽木槿成篱落，已得清阴又得花。”现在想来，这是多么令人惬意的乡居生活啊。

乡村的木槿除了可以扎篱筑墙，还是餐桌上的美味呢。尤其在乡间很少有人能吃上肉的年月，木槿花甚至连嫩木槿叶子都成了农家的家常菜。开花时节，母亲常摘些木槿花，择去萼片、花蕊，就留下嫩嫩的花瓣，洗净了做菜、冲汤，入口滑润，鲜美无比。煮豆腐时母亲也爱撒几片木槿花进去，让滑嫩的豆腐散发一种独特的清香味道。条件好的人家招待客人时往往将花瓣用面糊挂了，油里炸过，做成“面花”，花色依稀在，香味更浓郁，咬一口，脆生生，妙极。

在乡村极常见并根本没被当作一种花来种植的木槿，其实是栽培历史悠久、文化内涵丰富的一种植物呢。早在《诗经·郑风·有女同车》中就有“颜如舜英”“颜如舜华”来形容女子的美貌，说女子长得像木槿花的样子，盛开无语，凋落无声，一颦一笑，美丽端庄。唐代诗人李白不但懂明月，更懂花语，“园花笑芳年，池草艳春色。犹不如槿花，婵娟玉阶侧。”格调最为清雅的木槿则出自王维，“山中习静观朝槿，松下清斋折露葵”，给人一种清静典雅的美。

宛如邻家姑娘的木槿，自远古走来，袅袅娜娜走到今天，却总是“夜合朝开秋露新，幽庭雅称画屏清”，因此便有了一个凄美忧伤的名字——朝开暮落花。其实木槿虽然每朵花只有短短的一天花期，但整株花期却极长，这朵甫谢，那朵又开，一朵一朵，前赴后继，接二连三,一刻也不曾停歇，不知疲倦地展现着一种温柔的坚持。常落常开、生生不息的特性保证了木槿花的魅力常在，放眼家乡槿篱墙院，层层叠叠的花红叶绿，从春末到冬初，从没落寞过。

家乡的木槿，没有莲的清韵、兰的优雅，也没有牡丹的高贵、菊花的大气，甚至比不过栀子、茉莉，但日复一日，年复一年，始终如纯朴的乡民一样忠实地守候在乡村的土地上，耐春寒，抗高温，搏严霜，不惧暴风骤雨，不想大雅之堂，不与群芳争艳，一心一意无穷尽，无声地为人们奉献着一朵又一朵素雅纯净的美，那笔挺的干、柔韧的枝、浓密的叶、无穷的花，无不默默展示着一股历尽磨难而矢志弥坚的生活脾性。

花开花落，时光荏苒。从小在木槿树下长大的我，多年以后，求学工作成家，逐渐湮没于都市的喧嚣中，很少再回到氤氲在木槿花丛中的家乡了，但无论何时何地，我总感到，人生旅途，慰我精神、予我动力的，依旧是故园的木槿，木槿身上那种执着、乐观、坚韧的品性，早已深深融入每个如我一样从槿篱小院走出的家乡人心里了！今日的家乡人更从没忘记陪伴自己走过漫长贫瘠岁月的木槿，把木槿大规模栽植在道路边、河岸旁、苗圃里，以木槿制作美食、繁殖盆景、增创收入，用木槿把当下乡村人的小日子装扮得更加万紫千红、分外怡人。

又是一年木槿花开。站在寄居小城的高楼上，遥望故园，我恍惚看见，老家的木槿花，一朵朵，一树树，扑面而来，那粉白淡紫的云霞，铺天盖地铺满了我的心窝，温暖着我的心房。

（原载 2020 年 8 月 25 日第 1903 期《新沂市报》）

远去的碌碡

碌碡，是昔日苏北家乡常用的一种农具，不知起源于何时，据北魏《齐民要术·大小麦》篇记载，青稞麦在“治打时稍难，唯伏日用碌碡碾”，宋代诗人范成大在《春日田园杂兴》中亦云“骑吹东来里巷喧，行春车马闹如烟。系牛莫系门前路，移系门西系碡边”。可见我们的祖先早在一千多年前就会制作和使用碌碡了。明代《农政全书·农器》中介绍，“其制长可三尺，大小不等，或木或石，刊木括之，中受簨轴，以利旋转”，即碌碡长度可达一米，直径大小不一，主体用木头或者石头作为材料制成。

碌碡在老家又叫碌轴、石磙子等，虽然材质、形状各异，但制作几乎和古代没有多大区别。石匠师傅们从山上采来石头，用錾子将整块红石或青石锻成直径大约四十厘米、长七十多厘米的圆柱体，周身雕着凹凸粗糙的深条形棱齿，再在两端圆心各凿一酒盅大的圆孔，作为转动的轴孔，其配套的木支架也选用铁样坚硬的刺槐木，去除表皮，用火烧烤着慢慢圈成弓形，再在支架两端中心处各镶嵌一比碌碡轴孔稍小点的铁榫，榫尖插入碌碡两端光滑的轴孔里，然后把左右侧框用绳子摽紧，前面系上绳套，一个可拉转的碌碡就大功告成了。

碌碡在过去乡间机械化不发达的年代可派上大用场了，轧场、脱粒、夯地基等，样样不可少。我童年的记忆里，每年芒种前后、麦收季节，家乡人必先提前平展好晒场，名曰“光场”。光场前，先用水泼湿场面，再撒上些麦秸、麦壳，待水稍干时，人们便从角落里蹬滚出闲置多时的碌碡，准备轧场。碌碡很沉，多用机器或牲口拉，没有机器和牲口时就用人拉。当年一村有一台拖拉机就不错了，根本忙不过来，大多数人家的碌碡还靠牲口或人拉。轧场人先给碌碡套上轴架，接上牛鞍，然后一手拿着柳条或小鞭子，吆喝着牛、驱赶着驴，碌碡便在畜力或人力的拉动下滚转起来。在轰隆隆的碌碡声中，不到半天工夫晒场就被碾轧得光平如镜了。

待小麦、大豆等作物进场，铺开，晒干，乡亲们就开始拉碌碡打场了。几百斤重的碌碡轧着晒得焦干的麦草、豆棵一圈圈地转，把成熟的麦穗、豆荚碾破，把粮食粒儿从穗子、荚子中挤压出来。碌碡过处，粮棵被轧得噼啪作响，几圈过后，蓬松的秸秆全被碾得平平整整，远远望去，宛如一块金黄的地毯。碾过一遍后，人们把秸秆翻起来，再拉碌碡碾轧一遍，然后把碾过的秸秆挑松、抖虚，把碾下的麦粒、豆子等粮食清扫出来，经过扬场、筛选、分类、晒干，最后入仓。

儿时经常跟大人们一块儿到晒场上去轧场、打场、打下手，没有机器和牲口时，也和大人们一块儿拉过碌碡。火辣辣的太阳当空照着，轧场的人躬身低头使劲拽着沉重的碌碡，一步步、一圈圈地转，反复碾轧，不知不觉身上就汗流浃背了，有时忙得连汗也顾不上擦，汗水混合着尘土、草刺顺着脸颊、脊背不住地往下淌，浑身上下常被汗水弄得灰黑一片，身上暴露的皮肤还往往被日头晒得火辣辣的钻心痒疼，拉套绳的肩膀上不被勒得红肿更是不可能的。在碌碡起起落落的滚动声里，初谙世事的我深深感受到了农事的繁重和人生的艰辛！

碌碡常伴随着季节的交替而半年忙半年闲。在收获的季节里，碌碡是乡村货真价实的“大忙人”，天天被人、畜或机器拉着在晒场上不分昼夜地连轴转，而农忙过后，村民往往只把装在碌碡上的木支架取回家，笨重的碌碡像个无人问津的流浪儿，被随意遗弃在不起眼的旮旯角落，听凭风吹雨打，饱受雪月秋霜，只等来年庄稼再次收获时，才被人们重新唤起，重装上阵。家乡的碌碡就这样年复一年默默奉献着沉重的身躯。

经过几十年如一日的碾场生涯，碌碡的表面往往被岁月打磨得很光滑，轻轻抚摸，有股滑腻的感觉。因此，闲下来的碌碡，尤其是闲放在晒场四周、大路两旁或农家门前的碌碡有时又成了农家人的坐墩、孩子们的玩具，乡邻们常手端一只碗，半蹲在碌碡上吃饭、拉呱、乘凉，有时也在上面晒些杂粮、老酱什么的，孩子们则常把碌碡当马骑，三个一群、两个一伙地骑在碌碡上，双手拍打着碌碡，嘴里哼唱着欢快的儿歌，将内心深处的玩性尽情挥洒……

斗转星移，伴随着改革开放的脚步，尤其是进入二十世纪九十年代以来，家乡农业机械化飞速发展，拖拉机、手扶车等逐渐代替了黄牛耕地，播种机代替了传统的耩子，打麦、收稻也用上了脱粒机。近年的乡村，生产工具更配套，联合收割机等各种农机具广泛使用，收、种一条龙，不仅干净利落，更省时省力！曾作为农事主力的碌碡，再也没有多少用武之地，渐渐淡出……

前些年，碌碡在乡村场边、门前、树下仍可见，但大多因年久失修而剥落得不成样子，远看像一截很大的废旧电池，横躺或竖立在那里，孤独，蜷缩，缄默。近些年碌碡和石磨等很多乡村老物件一起被家乡人当作过期无用的杂物清理掉了，渐渐成了稀罕物，不过，不少有心人已把碌碡当作收藏品，搬进了民俗博物馆，放进了农家新生活展示馆，使之成为记录百姓生活的时代标本，成为后人忆苦思甜的沉实证物。

碌碡的斑驳沧桑里，铭刻着长年累月不懈劳作的艰辛，见证了乡村生产工具的变化和革新，见证了农业生产力的发展，见证了百姓生活水平的提高，更见证了今日乡村人步入小康时代的现实模样。时间可以模糊往事的痕迹，却无法掩盖碌碡在乡村农事中曾有的光芒，虽然属于碌碡的辉煌岁月早已远去，但和碌碡相关的诸多往事却如一册质朴的影集，时常浮现在众多乡村儿女的脑际，让人感动不已、感慨万千……

（原载 2020 年 11 月 10 日第 1933 期《新沂市报》）

诗意田园黄墩村

久居城市，厌倦了拥挤狭窄的高楼，厌倦了川流不息的车流，你是否也会经常憧憬诗意的田园生活？或许你会说，所有的美好和诗意都只是在“远方”，其实，美好和诗意并不只在“远方”。庚子之夏，和一群作家朋友走进新安街道黄墩村，让我切身体会到了美好和诗意就在身边。

提起黄墩村，我并不陌生，二十世纪九十年代在学校工作时，每年清明节带学生步行到北马陵山游玩都要经过黄墩村，只是后来离开学校，就再没到过黄墩村了。所以，当文友们说要去黄墩村时，我并不太当回事，不就是那个离新沂城区只有几公里远、背倚马陵山、濒临黄墩河、满路黄土、四周种满果蔬的寂静的小乡村嘛！但当我此次和十几位文友迎着朝霞驱车再到黄墩村时，才发现，如今的黄墩村已今非昔比。

首先抵达黄墩村村部。原先低矮、简陋的办公用房不见了，取而代之的是宽敞整洁、设施齐全的两层小楼，楼前细草铺地，绿树成荫，各色鲜花点缀其间，楼内充分运用移动互联网、云计算等新兴技术，建成了新的开放式党群服务中心，并依托智慧社区平台，探索智慧党建平台与智慧社区平台相互融合、互动互助管理新模式，实现了线上线下动态部署、技术指导、学习培训。现代网络技术的广泛应用，使村级党建阵地得到了加强，服务民生工作也变得更加便捷，村民们无须来回奔波，可以在大厅面对面一次性解决所有需求。

出了村部，我们接着来到老黄墩寺遗址。黄墩寺最早为姑庵庙，约有四百年的历史了，据说鼎盛时期有土地四五顷、房屋一百多间，为三院九景砖木结构建筑，融楼、殿、亭、台等传统建筑和园林艺术为一体，有僧人百人之多，然而由于世事变迁、年久失修，目前除几尊新上的佛像外，所剩遗迹无多，但踏入那片旧址，那种斑驳、沧桑，依然让人肃然起敬，时光仿佛倒流回到了几百年前的岁月。黄墩寺内古树参天，四周花草繁茂，景色如画，为保护佛教历史文物、促进旅游业发展，目前黄墩寺已列入整修规划……

从黄墩寺遗址出来前行不远，便见一片颇具规模的现实版的“QQ 农场”。黄墩村土肥水沃，素以果蔬种植闻名，但今日黄墩人栽果种菜再没有昔日“面朝黄土背朝天”“汗滴禾下土”的辛劳场面了。此处的“QQ 农场”，属徐州市瑞泽农林科技有限公司蔬菜外延基地，生产区采用“合作社 + 基地 + 农户”方式，装配了现代化监控、冷链物流、研发及有机农产品展示等系列设施，实施“QQ 农场”式开心种植模式，统一配套管理各类蔬菜种植大棚七百五十栋、四千八百余亩，从种子到生长再到收获，全方位为认购种植的农户提供服务。步入大棚，只见瓜果低垂，蔬菜葱绿，一片瓜果飘香的丰收景象，引得前来采摘、采购的客商、游人络绎不绝。村、基地还积极在上海、杭州等地开设门店，并借力新零售模式，实现线上线下结合，叫响自己的绿色果蔬品牌。

从“QQ 农场”出来，再走一段路，便到了黄墩村的村舍民居了。村里人不算很多，但村子被村民们打理得到处绿树成荫、花团锦簇，家家庭院整洁有序，户户院墙缤纷亮眼，条条道路干净笔直，杆杆路灯昂首挺立，还有公园、广场等众多供村民休息、娱乐、锻炼的场所。漫步在宽敞的乡间道路上，阵阵夹杂泥土芬芳的清新气息扑面而来，间或遇到谈笑风生的老人，或是追逐嬉戏的孩童，正是一幅“黄发垂髫，并怡然自乐”的图画，走累了可以随时停下来赏花、饮水、品果。村头广场上，一些穿红着绿、笑语盈盈的大嫂、大妈、姑娘、小伙，三三两两聚集在一起，边聊天边琢磨着广场舞、柳琴戏的新花样、新动作、新唱腔。路旁、河边、地头，一些本地或城里来的垂钓者静坐树下，聚精会神地享受着清爽惬意的悠闲时光……

徜徉在朴素大方的黄墩村，这里每一处地方，都铭刻着改革发展的印记，见证着乡村振兴的脚步。黄墩村虽然只是新沂市城郊一个普通的小村庄，但古朴、清新、自然，让人只去一次，便会把心悄悄留在那儿，再也不想走了。回望坐落在绿色田野上、宛如一位恬静村姑的黄墩村，我想，沐浴着和煦清风、尽享着温暖阳光，黄墩村必将越变越美丽，也必将吸引、迎来越来越多的人，写下越来越多唯美的田园诗句。

（原载 2020 年 12 月 1 日第 1942 期《新沂市报》）

韭菜滋味长

生为苏北人，没吃过韭菜的，恐怕少而又少。印象中，苏北家乡人普遍爱种韭菜，无论各家门口的菜园里，还是田间地头的一小块地里，甚至簸箕大的林边隙地、巴掌大的果园树间，总能看到韭菜的身影。

韭菜生性淡泊，对生长条件要求不是很高，只要有土的地方，撒下一些种子或埋下几簇韭根，很快就会看到绿色的幼芽破土而出，芽尖上还挂着明晃晃的露珠，挨挨挤挤，鲜嫩透亮，不久就蓬勃成一团，泼辣成一片，绿了村野，翠了土坡。

韭菜不仅泼辣，还有一股野性。当春风刚刚解开冰冻，其他的蔬菜种子还躲在厚厚的干草下打呼噜时，韭菜已在料峭春寒中缓缓吐绿，冻得有些紫红的叶子如软剑般精神抖擞地舒张着，争先恐后地向上伸展，簇簇相拥，亭亭而立。

韭菜耐寒，也耐热。在知了狂鸣的炎炎盛夏，不少蔬菜经不起烈日的炙烤，都萎缩遁形，韭菜却毫不畏惧，依然在暑阳酷热下舒展着青碧身姿，郁郁葱葱。

遭遇暴风雨后的韭菜，虽然常常一地狼藉，但不到一宿的工夫，韭菜那软弱无骨的狭长绿叶，就会挺立起来，站在阳光下，惬意地微笑着。微风拂来，韭叶袅娜，像跳动的音符，夹杂着泥土的气息，沁人心脾。

秋天的时候，韭菜抽薹开花，长长的绿茎上顶着一颗白色花苞，像女人家插在头上的簪子。几天后，花苞慢慢地被薄膜里的小花蕾撑破了，每朵小白花上绽放着六片白色的花瓣，每片花瓣都极力地伸张着，努力用自己拥簇的花团与旁边的伙伴们争艳，煞是热闹。淡淡韭花香，常引得双双对对的秋蝶翩跹而至，花随风动，蝶影婆娑，成了房前屋后一幅生动的画卷。

霜雪时节，韭菜同众多树木花草一样，进入了休眠期，消失在人们的视线中。当然，韭菜的地下根茎并没有歇息，而是在默默地汲取营养，蓄积着生命的力量，时刻准备着来年春天的再次盛事呢。

韭菜勤快，不偷懒，只要种下一畦韭菜，家里就不会“缺菜”。一茬韭菜成熟后，用小刀或镰刀在根部割过之后，留下一厘米左右的根茬，等上一周到十天，鲜嫩的韭菜就又长出来了，不管割的时候，留下的根茎是长是短，总会越割越旺，越长越粗。一缕一缕地割，一茬一茬地长，生生不息，在以前粮蔬不丰的艰涩时光里，韭菜不断地给人们带来口福，甚至可以挑到街上去换回些油盐零用钱，的确可以算得上是一种自然的恩赐了。

小时候，老家门前菜园里种的几垄韭菜，成为家中饭桌上的常客。家人日常吃韭菜，没那么多讲究，割来择净炒食即可，韭菜貌不惊人，味却压众，切好的韭菜，不用做熟，已经香飘左邻右舍。有时顾不得炒菜，大家就跑到菜园中掐几根韭菜，洗一洗卷在煎饼中，撒上一些盐豆儿，迫不及待地吃上一口，那韭菜特有的辛香就蹦着高地跑得满嘴都是，既开胃又很快填饱了肚子。只有家中来了客人时，母亲才会从鸡窝里摸几个鸡蛋，炒一盘鸡蛋抱韭菜，翡翠般的韭绿，配上土鸡蛋的金黄和雪白，明艳悦目又鲜香诱人。

厨房里，韭菜算是众多菜蔬中最“平易近人”的菜了。韭菜炒鸡蛋、韭菜炒虾仁、韭菜炒粉丝、韭菜炒豆芽、韭菜炒豆腐、韭菜炒螺肉、韭菜烙馅饼、韭菜包饺子……荤的、素的、海鲜，不管凉拌、热炒，还是制作成馅儿，只要愿意把韭菜放进去调配着做，韭菜都会和所有的“搭档”配合默契，增加菜肴的鲜香美味。

要说好吃，还要数“韭菜两头儿鲜”，也就是老百姓常说的初春和入秋以后的头刀头茬韭菜，这句话道出了春韭与秋韭难以抵御的鲜美滋味。

春寒未尽时，在土里孕育了一个冬天的韭菜，丰硕肥美，细心割来，清水涤净，叶绿茎白，就是不用任何调料，只需热油爆炒和适量的盐，都是色艳味鲜的精美一碟。将韭菜切碎，打散几枚鸡蛋搅拌好，煎成圆饼状，绿中泛黄的春韭煎蛋便成了餐桌上的一道美味，咬一口，感觉满嘴都是春光。新生的春韭芽加上肉丝烹炒，口感亦鲜嫩无比。做汤时，只需把水烧开，切一把韭菜丢入锅中，便可立即食用，翠绿夺人的颜色，略带土腥的鲜香，怎不令人赏心悦目、味蕾花开呢？

与春韭相比，秋韭因为多了韭花，平添了另一种清香滋味。在韭花还是骨朵儿尚未开放时，连同掐得动的嫩薹，切为寸段，加瘦猪肉或虾仁炒了吃，是一份极好的享受。但乡村人做得最多的还是腌韭菜花，人们将采摘来的韭菜花洗净、晾干，加上盐、花椒，用石磨研碎，或用石臼捣烂，再放入一些切细的黄瓜条、红椒丝，然后放入坛瓮中密封一段时间，就成了风味独特、鲜咸香辣的腌韭菜花。到了漫漫冬季，吃腻了萝卜白菜，腌韭菜花蘸馒头、卷煎饼、佐稀饭，就是让人最惦记的美味了。

韭菜，质朴大方，一如邻家村姑，不管贫穷还是富有，无论天冷还是天热，始终不离不弃，固守在家乡的土地上，用淡定从容的执着阐释生命的尊严，用源源不断的付出彰显生存的价值，默默陪伴着普通百姓走过一个又一个平凡又暖人的日子。尤其在过去物质还比较贫乏的年代，家乡人用韭菜伴着粗茶淡饭，将清清淡淡的日子调剂得活色生香，不仅让勤俭持家的情愫铭刻在心，还让孩子们从韭菜中汲取营养，逐渐成长成熟起来。

年复一年，时光翩然，韭菜割了又长，而我早已不是当初不谙世事的少年。现在，生活条件好了，韭菜生长没有了季节的限制，也不再充当“当家菜”的角色了，但诸多如我一样经历过往昔岁月的人，对韭菜都仍有一种难以割舍的情怀，不论走到哪里、客居何处，都忍不住要留意一下韭菜做的菜，无论逢年过节抑或日常三餐，总爱去买一些韭菜，舒心且真切地品尝和回味生活那清淡朴实的滋味，更有那不曾改变的贫瘠岁月中一缕翠绿的温情……

（原载2018年第2期《新沂文化》、2020年7月25日“学习强国”江苏学习平台《新潮》副刊）

最是家常绿丝瓜

粗茶淡饭最养人，寻常瓜蔬滋味长。久在城市漂泊，故园的物事常会氤氲着浓浓的乡情，浮现于脑际。而这其中，最引我无尽眷念的，是家乡的丝瓜。

丝瓜是苏北乡间极常见的一种菜蔬，记得儿时老家的很多地方都种着丝瓜。清明前后，人们荷锄来到房前屋后、田间地头，找一块空地，挖一个小土坑，将丝瓜种子种下。丝瓜不挑地儿，无论石缝里、瓦砾内还是在墙脚边，只要有土，沾些潮气就能发芽。钻出地面的丝瓜慢慢伸出须蔓，沿着墙院、篱笆攀缘而上，不断地分蘖长叶、伸枝放藤，一直向高处延伸，不久就占据填充了房前屋后的边角空地，成为农家田园里的绿色主角。

进入夏季，丝瓜迎来了生命中的青春期，绿叶间逐渐冒出星星点点如火箭头一般的花苞，风鼓起腮帮子一吹，就吹出了朵朵金色的花朵。尤其是每天清晨，开得最繁。那些如邻家村姑样恬淡雅致的小黄花常三三两两挤在一起，有的在交头接耳，有的在窃窃私语，远远看上去，恰似一幅随风摆动的画，常引来蜂蝶纷扰，一派生机盎然。丝瓜花的花期很短，昨天还神采奕奕，今天就会蔫了，如若遇上一场雨，那些花朵肯定免不了厄运，立马会掉落下来，遍地金黄。

花开花落间，就有小丝瓜从雌花梗上悄然生出，然后就有模有样地垂悬在如瀑的绿叶中了。丝瓜极高产，首次生育后，便一发不可收了，秧延伸到哪里，花就开到哪里，花开到哪里，丝瓜就挂在哪里。最让孩提时的我们惊奇的是，在丝瓜生长过程中，从来没见人们像对待菜园里其他蔬菜瓜果那样尽心侍弄，好像从来没有刻意给丝瓜浇水、施肥过，即使这样，也从未见丝瓜有过半点怨言，依然尽情开花、慷慨挂果，一茬接一茬地不断将果实奉献给人们，哪怕为数不多的几棵，所结的丝瓜就可以满足一家人甚至很多亲邻的生活需求。

丝瓜是童年回味悠长的一道佳肴。夏秋时节，家家餐桌上出现频率最高的便是丝瓜。忙时，人们收工回来，急急采摘几条，三下两下将皮一削，用水一冲洗，很快就可以下锅。有时家里临时来了客人，人们也会赶紧到瓜架下摘几个丝瓜来，将丝瓜切成段、削成片，炖、炒、蒸、炸、凉拌、做汤皆可，不论是丝瓜炒青豆、炒鸡蛋、炒干鱼，还是红椒清炒，都绿得晶莹透亮，爽滑可口，让农家清清淡淡的日子，横溢出多重好滋味。

在以往连电扇都少有的年月，丝瓜除了是农家的常菜，那繁茂的藤蔓，更可营造出一方纳凉挡雨的浓荫呢。干完农活，忙完家务，大人小孩总爱围聚在丝瓜架下，吃饭、下棋、聊天、游戏，畅享丝瓜无偿供给的绿荫。一墙黄花、满架果实、几碗清茶，常把乡村的生活熏染得分外清凉、惬意。直至今天，家乡人还爱在庭院四周种上几棵丝瓜，任其枝蔓罩满庭院，让滚烫的阳光无论怎样努力想挤进院落都无济于事……

秋尽，丝瓜藤蔓逐渐枯萎，绿叶变黄，随风飘落。有些来不及吃掉或躲藏在叶下的漏网之瓜，还有些争强好胜爬到高树上结果的丝瓜，人们便任其老去。待到丝瓜熟透时，人们将老丝瓜摘下来，剥去表皮，倒出种子，丝瓜络可以用来洗碗刷锅，是纯天然的清洁用具。丝瓜子则会被晾干贮存起来，等到来年春天时，再把种子种下，亮黄的丝瓜花又会将乡村的日子撒满，重新编织起一片恣意热烈的生活……

丝瓜生长在我的过去，深植于我的心田。虽然现在远离乡村，住进了高楼，再也无法种植、亲近丝瓜了，但不论走在哪里，每当我看到丝瓜，都倍感亲切，总能从那蓬勃向上的身形中，品出一份生命的豁达与感动。

（原载 2016 年第 11 期《江苏粮食》、2020 年 8 月 21 日“学习强国”江苏学习平台《新潮》副刊）

蒲草青青

蒲草是苏北乡间极常见的一种水生植物，村庄内外，只要有水或者地势低洼的地方，到处都能看到蒲草的身影。

夏天是蒲草最有气势的季节，不论瘠土还是沃壤，不论清风徐徐还是暴雨倾盆，蒲草总是手牵着手根连着根，蓬蓬勃勃生长着，仿佛一夜间，便长有米把高，从苍翠的绿蓝，渐渐化作凝重的墨绿，茂密的蒲草像无边的绸带，舞动着成方连片的绿，向着天地交接的云海深处缓缓铺开，以最朴素的打扮将乡村的绿表现得淋漓尽致。

夏末，蒲草抽薹开花，黄绿色花穗，圆柱状花序，在一片绿油油中渐渐发育成蜡烛状蒲棒，因此蒲草还有一个形象的名字——水烛。蒲棒越到深秋越是膨大，颜色也由刚开始的淡黄逐渐变深，棕黄，直至绛黄。蒲花花粉，医名蒲黄，是一剂活血消瘀的天然良药。蒲绒松软，有一种好闻的淡淡草香，是填充枕头的极好材料。夜晚乘凉时，人们也爱点燃根根蒲棒，让袅袅蒲烟将蚊蝇熏得远远的。

儿时的我们，放学后书包一扔就钻进蒲塘，戏草玩耍，或折一根蒲草，左缠右绕，三下两下拼扎成一把“枪”，或随手摘下几根蒲棒舞打起来，在蒲林中感受一把英雄本色。而刚抽出的嫩蒲棒也是小伙伴们喜欢的嚼食，常见满手满口的淡黄一直抹到腮边。太阳实在太大的时候，就摘一顶荷叶戴在头上，撕开成熟的蒲棒，轻轻举过头顶，迎风仰头使劲一吹，顿时，天如降雪，地似飞霜，空中地上，一片茫茫。

“秋风萧瑟天气凉，草木摇落露为霜。”深秋时节，蒲草日渐枯黄，割草人的镰刀上下飞舞，丛林般的蒲塘转眼间变得空空荡荡的了。余下的零星蒲草在寒风中挺立，曲折又硬朗，一如八大山人笔下残荷孤立的意境。寒冬塘内水浅，厚重冰凌下的淤泥中仍蕴藏着蒲草重生的希望，隐忍着等待生命的再次勃发。

晒干后的蒲草，韧劲十足。人们常沾一点水回回潮，揽一把蒲草在身前，用灵巧的手，有节奏地绾着拧着，拧着绾着，一条条修身养息的蒲席、一双双花纹精巧的蒲鞋就编织出来了。手艺好的还编织成蒲包、蒲垫、蒲篮、蒲帽、蒲扇等到集市上售卖。曾经的乡间，多见乡人头戴蒲笠、身披蒲衣、脚穿蒲鞋，行走在旷野中。在物质匮乏的年代，我也穿蒲鞋过冬，虽然样子笨些，却保暖又防滑。

家乡不少人家还爱食蒲草的茎芽。每年四五月间，蒲草刚钻出水底淤泥，初生的蒲草茎肥芽嫩，剥去外面老韧的叶茎，中心嫩部便是风味独特的蒲菜，其色柔白悦目，其质脆嫩爽滑，其味清淡隽永，其香清新绵长，既可凉拌，也可热炒。

蒲草，除了口中的美味、脚下的温暖让人铭记，更有传说中的故事令人恻然，读过爱情长诗《孔雀东南飞》，当会记得这句刘兰芝为表明心迹的誓言，“君当作磐石，妾当作蒲苇，蒲苇韧如丝，磐石无转移”，蒲草与生俱来有着柔如水、韧如丝的绵绵情感，有着渴望真情、感恩大地的真挚情怀，刘兰芝以一束蒲草寄寓对美好生活的追求、对爱情的坚贞不渝，留给人们无尽的遐思与深深的向往。

如今我生活在远离故土、蒲迹罕至的城市已经很多年了，但心中的蒲草依旧摇曳不止。每当脚步走累了、心灵疲惫了，梦中的我常走进家乡的蒲草地，看绿潮涌荡、蒲花飞雪，听蒲叶低吟、水鸟啼鸣，让心灵沉浸于那份朴素壮美的氛围中、栖息在那片坚韧本真的境界里，使我的天空重又变得豁然开朗、云淡风轻。

（原载2014年7月8日第1055期《新沂市报》、2020年11月20日“学习强国”江苏学习平台《新潮》副刊）

第三辑

书香盈心

买 书

从小就爱书，于是有钱就买书，有空就读书，有书就藏书，直到长大有了职业也是教书，有了爱好也是写书。整天和书打交道，最难忘的当属买书。

记得七岁那年，有一天，父亲给了我两角零花钱，我没有去买什么好吃的，而是一个人偷偷跑到离家八里远的小街上，在书店里买了一本小人书《小铁头夺马记》。回来的路上，边走边看，还未到家，书就看完了，这是我第一次买书。

学生时代虽然清苦，但我省吃俭用，仍然乐于买书、集书。经过零买碎攒，我的学生时代也集了小人书、杂志、课本等书籍一千多册，整整装满了七八个大纸箱子。

大量地买书，是在参加工作以后。刚参加工作时工资低，又要攒钱娶媳妇，但我常常“书如欲买不论金”。1993 年，我到县城参加自学考试的考前辅导，十余天里，我几乎逛遍了县城的所有书店和书摊，用勒紧裤带省下来的钱，买下了数十本中外名著。记得那十多天时间里，我天天算计着身上的钱，为圆满解决精神享受和物质生活的矛盾而精打细算。尽管这样，到辅导最后一天时，我身上已没有了一分吃饭钱。那天，我饿着肚子上完了白天的课，晚上，扛着几十斤重的书，借了一个同事的路费，才赶回家去。半夜到家里，头昏眼花，筋疲力尽，狼狈至极，但我仍乐此不疲。

结婚后，和妻一起拿工资，无奈又要攒钱买房子，且书价疯涨，我常常欲买书而钱不足，有时只好寻求买旧书。一次，我得到消息，一个改行到了机关的教师要处理一批藏书，于是我骑了一个多小时的车到他家，花了近二百元钱，兴冲冲地驮回了两大纸箱书。虽然到家挨妻数落了好几天，但我心里却乐滋滋的，因为我得到了好几十本我曾梦寐以求的书。

到县城工作后，书店更成了我出入最多的场所。倘有三五天不进书店，我便怅然若失。我最惬意的是站在一排排高大的书架前，双眼如扫描器那样仔细地搜寻。每遇好书，辄倾囊而购，倘因手头无钱而眼巴巴地看着它落入旁人之手，我便伤感不已。我觉得人间最痛苦的事，莫过于读书人欣逢好书而又无力购买了。

多年来，我“为书消得人憔悴”，喜鹊衔枝般买书，小家已是“环壁皆书”也。目前，我苦苦寻觅，已买下近万册的书，其中不乏《鲁迅全集》、四大名著、“三言”“两拍”这样的大部头。买书的辛苦，唯我心知，但读书的惬意和藏书的快乐，也只有我这样的读书人才能享受得到。书攒了不少，但我绝非为买书而买书，而是要通过书籍，通过这些人类智慧的结晶，去寻找我人生的真谛，实现我人生的价值。

（原载 2002 年 2 月 28 日第 2 期新沂团市委《雏鹰之声》）

打开记忆的闸门

在许多人印象中，档案就是尘封的历史，与自己的生活距离很远，其实档案就在你身边。从我走上工作岗位以来，是默默档案时常与我相伴，让我获益良多。因此，一看到“档案伴我行”征文的时候，脑海中关于档案帮我成长、助我进步的记忆闸门便不禁一一打开……

2007 年，我从新沂市教育系统调到市委宣传部办公室从事文字工作。当时，对宣传思想文化工作是“两眼一抹黑”，每到写材料时就为头脑中没有一点宣传思想文化基础知识、手头没有一点宣传工作基本资料而苦恼，于是我走进了部档案资料室，将近年来的宣传思想文化工作计划、总结等文件找出来，认真研读、摘抄、笔记，详细了解宣传思想文化工作的基本概况、重点工作、专有名词等，通过细致向档案、资料学习，再虚心向领导、同事请教，从学中干，在干中学，终于在短期内从宣传工作的“门外汉”变成一个逐渐熟悉宣传工作业务的人，很快进入工作状态，能独当一面开展宣传思想文字工作了。

在部档案资料室学习档案资料时我还发现几本《新沂大事综览》，原来是由新沂市委和新沂市人民政府主办、市档案局承编的一本史料集。书不算厚，分量却很重，图文并茂地把新沂年度政治、经济、文化、教育、科技、体育、卫生等各个领域的大事要事及社会发展概况条分缕析地纳入其间，构成一份翔实全面的参考资料集成。不久，新一年度的《新沂大事综览》稿件征集通知又下发到部里，部领导正好将我安排为供稿人，每年将部机关倾力搞好全市宣传思想文化工作的做法、经验、成效、成果提炼成五百字左右的文字材料，再配上彩图，形成彩页，报到市档案局。从此，便与《新沂大事综览》一年一度有一个不见不散的约会。每当看到凝聚自己心血和汗水的彩页，在专业档案人员的精心装扮下，与全市各行各业一起精彩亮相并存档留史时，我都倍感幸福和自豪。

2008 年，在喜庆祖国改革开放三十周年的美好日子里，新沂启动了新一轮编修《新沂市志（1978—2008）》的工作，我又有幸成为“政党·社会团体”之“宣传工作”的撰稿人。作为一个年轻人，寻找并把握住真实的历史是艰难的。部机关保存的资料不多，只好从更大范围的档案里找。在市档案馆相关同志的帮助下，我利用业余时间翻阅了三十多卷宣传工作档案。埋首在散发着浓浓岁月气息的老档案里，一页一页寻找着重大历史事件的脉络，摘抄，整理，打印，修订，历时两年，数易其稿，终于形成近两万字的稿件并如期交付到市志办公室，为《新沂市志（1978—2008）》的成功出版做出了应有的贡献。回想为《新沂市志（1978—2008）》搜集整理素材的日日夜夜，在刻骨铭心体会文字工作艰辛的同时，更深深感受到档案工作的重要！很多重大事件的踪迹，就在一代代敬业守责档案人的精心呵护下，静卧在一页页发黄的档案卷宗里，期待有缘者的探究和撷取啊。

2010 年，部办公室整理仓库时，发现一摞老旧资料，原来是一批政工档案。这批老档案，卷帙浩繁，由于时代发展和管理人员更替频繁，长期堆放在库房里，饱受霉菌、灰尘、蛀虫等大量有害物质的侵蚀。此时部领导已让我接手、掌管全市的政工职评工作，于是整理这批老档案的任务就顺理成章交到了我手上。虽然平时的文秘工作任务繁重，但为保持档案的历史延续性，在部领导的重视及档案馆同志的指导下，我面戴口罩，不畏虫卵、尘迹，认真进行分类、整理、录入、装订，投入了大量精力，付出了艰辛劳动，终于完成了全部资料的立卷、归档工作。不久，市人民医院一位曾经参加政工学习的同志丢失了有关证件，因工资调整需要，抱着试试看的心态，找到了市委宣传部，找到了我，在这批老档案中我顺利帮他找到了他所需要的资料，给他出具了证明，他激动得紧紧握着我的手说："真感谢你们这么认真地保管了我的档案，否则我晋级工资的事只好'黄了'。"看到查阅人如愿以偿的笑容，我感觉近半个月的档案整理工作不管多苦、多累都是值得的，也深刻感受到再细小的工作都事关老百姓的利益，只有做实做好每一项工作才能更好地为人民服务。

时光荏苒，一路走来，在档案的无声滋润下，我的业务工作能力逐年长进、思想认知水平日渐提高，每年参与起草的各类计划总结、调研汇报材料等越来越受到上级领导肯定，每年悉心报送的宣传工作信息、大事综览素材等越来越受到有关部门欢迎，每年精心整理的政工职评材料、人员学习信息等越来越受到职评单位好评，特别是当我查证档案撰写出一份份有理有据的调研报告的时候，当我细阅档案整理好一篇篇感人至深的忆念文章的时候，当我检索档案解决了一个个政工人员的职级难题的时候，怎不对档案充满深深感激！饮水思源，在过去最需要扶助的时候，是档案毫不犹豫地陪伴了我。因此，不论将来怎样、做什么，我都要像敬重自己的亲朋一样，永远敬重档案！

（原载2012年12月11日第776期《新沂市报》，获新沂市"档案伴我行"征文活动优秀奖）

让书籍成为最好的奖品

近日，某单位在一项总结表彰工作中，摈弃以往用实物和现金奖励的做法，给每位获奖者颁发了价值二百元的图书。笔者认为，这种用书籍作奖品的做法值得学习借鉴。

当前，我们的经济发展令人瞩目，物质生活水平蒸蒸日上。按说，物质生活水平提高了，精神文化生活水平也应相应提高，但据权威调查，我国国民阅读率却呈逐年下降趋势。君不见，每到党报党刊订阅时，不少部门都在找各种理由削减订数，每到理论书籍征订时，有些单位就想尽各种办法敷衍推诿，以至于有人担忧，再这样下去，读书看报的人都快成“稀有物种”了。这当然与人们拥有越来越多的传播载体有关，也当然与人们迫于生存压力越来越“没时间读书”有关。然而，一个不容否认的事实是，当开卷有益的理念和博览群书的习惯日渐远离的时候，也就意味着公众有意无意地抛弃了求知益智、育美健神的文学阅读，将严重影响人口素质水平的整体提升，制约经济社会的可持续发展。

奖励是激发、引领干部群众干事创业的一种重要手段。过去很多部门、单位通常采用实物和现金表彰先进，但不少受奖者说，奖钱奖物不如奖书！笔者认为，这个“不如”，至少有这两层意思：第一，奖钱奖物只是让受奖者得到一点眼前的利益，而以书籍作奖品则能激发受奖者的学习热情和进取精神，有助于提升人的精神境界。第二，奖钱奖物只能满足受奖者一时的生活需要，而以书籍作奖品则能让受奖者天天长知识，甚至最终长“翅膀”。殊不知，不少受奖者通过对专业书籍的刻苦学习和钻研，普遍提高了工作技能和综合素质，有的还获得一技之长甚至“多技傍身”，犹如长了“翅膀”，受益终身。由此可见，奖钱奖物只是一种单纯的刺激型奖励方式，而以书籍作奖品从某种意义上来说，则更多是观念上的更新，而且奖品可反复读用，功效之长，不可估量。

创新激励机制催生内生动力，有关部门应当好好体会以书籍作奖品背后所蕴含的文化意义，多设计一些图书作奖品、订书报扶贫等好的激励措施，让书籍成为滋养心灵、点燃智慧、成就梦想的最好奖品，以实际行动推进全民阅读，营造书香城市。

（原载 2014 年 8 月 30 日第 1028 期《新沂市报》）

人生当有书卷气

所谓书卷气，是指在说话、做事等方面表现出来的读书人的风格和气质，本是对一个人学识及礼仪的肯定，但随着社会的发展，书卷气常常被当作贬义来形容一个只知道读书而不去涉及其他活动的“好学生”。于是，许多人尤其是年轻人被告知，书卷气太浓、思维太死板、固执而不灵活，是幼稚而不成熟的表现，会在社会上混不开，因此，越来越多的人为摆脱身上的书卷气而不懈努力，书卷气渐成社会上较为稀缺的一种东西。

其实，书卷气不同于呆板迂腐的“书生气”，也非鲁迅笔下的“孔乙己”，满口“之乎者也”，却什么也不想干不会干，更不等同于所谓的个人偏执和不懂世俗，而是历经书香浸润而散发出的清新之气，其本质在于对事实和真实的一种认可与坚持，在于对邪恶和虚伪的一种杜绝与远离，不仅含有言行一致、表里如一的忠实人格，更有在责任面前勇于担当、在困难面前敢于面对、在危机面前敢于化解的率真性情。

书卷气衡量着一个民族的文明程度，表现的是一种修养、一种境界、一种操守。人生多拥有些书卷气，就会保留更多人的本真本色，就能更深体验亲情的深度、领略友情的厚度、拥有爱情的纯度，这个社会便少些娇气、傲气、霸气、俗气和媚气。人生多拥有些书卷气，就能更好坚守自己的精神家园，不为利害所动、不为世故所移、不被世俗左右，这个社会便多些和气、正气、骨气、静气和大气。

书卷气采自于书卷。人间百态，世间万象，天文地理，古今中外，书中无所不有。曲折离奇的故事，荡气回肠的感情，震古烁今的思想，浩如烟海的知识，卷中无所不包。打开书，便打开了一扇面对世界的窗口。读天，无际的长天赋予人灵性；读地，宽厚的大地赠予人理性。打开书，便打开了一面审视生命的镜子。那扑面而来的真善美，令人陶醉，长此以往，便氤氲在浓郁的书卷中，体现出清雅的书卷气了。

书卷气得益于修养。学而不思则罔，思而不学则殆。着眼读书和思考相统一，注重思考与实践相结合，善于抓取点滴时间碎片，积极利用身边一切资源，持之以恒地阅读和思考，循序渐进地吸收和运用，在孜孜不倦中充盈思想、积淀岁月，在知行合一里修身养性、丰满人生。历经书香沐浴的心灵，必然芬芳，久经实践锤炼的气质，自是不凡。

在科学技术突飞猛进、知识更新日新月异的今天，一个不容书卷气的社会，不是一个正常发展的社会，一个缺少书卷气的民族，不是一个充满理想和创造力的民族。人生苦短，多一些读书少一些应酬，多一些思考少一些盲从，多一些沉静少一些浮躁，自觉涵养一些书卷气，方能具备那种“从此静窗闻细韵，琴声长伴读书人”的“宁静致远”品性，方能抗拒时间的腐蚀和岁月的侵袭而独具风情。

（原载 2015 年 3 月 17 日第 1106 期《新沂市报》）

苦乐笔耕

也许是性格、兴趣使然，走上社会后，我与书和文字工作结下了不解之缘。以前在学校教书时整天与书和文字打交道自不必说，后来进入机关从事办公室文秘、理论宣传等工作，更与书和文字工作密切相关。

不是文秘专业的我，为做好机关文字工作需付出别人双倍的努力，于是忙里偷闲挤时间学，各种理论、政策、法律、业务等方面的书成为我最好的朋友，几年来记了十多本学习笔记，剪贴理论文章及新闻报道二十多本。就在我专心于读书、写作的日子里，一些好心人却不断在我耳畔旁侧敲击，现在是市场经济社会，人家都经商、炒股、搞第二职业，你还一门心思花那么多时间读书、写材料，年纪轻轻就熬得像个小老头，值不值啊？还有的人说，别太死板了，你看那些“活络”的人写着写着就不写了，一个个都提拔、高升了，可你至今还是无名小卒一个……面对诸多听上去似乎很有道理的闲言碎语，我心里难免有一丝淡淡的酸楚和失落。但我心里更深切感受到，我能从一个农村娃走进城市，又从学校走进机关，已经很知足了，何况工作没有贵贱之分，能把本职工作完成好，总会赢得认可的。

说起写材料，看似简单，实则不是一件易事。一篇材料，少则数百字，多则上万言，都需要精心组织。首先，时间上要求严。到一定时间就要交稿，为不耽误工作，加班加点是常事。其次，质量上要求高。拟制的文稿代表着机关形象，因此，每一篇都要认真对待，既要观点鲜明，又要内容真实，既要语言准确，又要逻辑规范。最后，生活上无规律。各项实际工作的复杂性、偶发性决定了工作时间无规律可循。一天二十四小时，随时处于待命状态。夜深人静，可能别人早进入了梦乡，可我却常常在挖空心思想题目、出思路。每天上了床，如果工作没干完，思来想去睡不着觉，一有灵感，再晚再累也要爬起来记在本子上，可谓为伊消得人憔悴、累得衣渐宽。

多少个日日夜夜，多少次汗湿衣襟，工作不可谓不苦。然而，一个“苦”字，在背后、在深层，却孕育着甘甜、幸福和喜悦。每当一篇讲话稿几经煎熬，数易其稿，最后得到领导肯定；每当一篇文章历尽艰辛，终于脱稿，被上级报刊采用……我想，这份幸福和喜悦绝不亚于分娩婴儿的母亲、拿到冠军的选手、金榜题名的学子。这个时候，任何痛苦、任何委屈、任何磨难都会烟消云散。即使在平时读书、写作的过程中，也不全是苦不堪言。读到高兴处，往往一切烦恼忧愁都抛诸脑后；写到得意处，特别是有了自认为的神来之笔，常常情不自禁地哼起不成调的小曲……

回首自己的读书、写作之路，从不熟悉文秘工作到驾轻就熟，一路走来，得益于书，得益于勤，更得益于师友的指点和帮助。记得刚从事文秘工作时，我苦思冥想成一文稿，拿给领导看，本以为一定会得到褒奖，谁知稿子拿下来看时，整洁的稿纸上已密密麻麻布满了修改的符号。领导语重心长地跟我说，这份材料立意较好，但一定要注意精练。材料这东西来不得半点浮躁，需要仔细推敲反复修改精益求精的。回去后，我按照领导的教诲，踏实读书，细心调研，反复修改了近二十遍，才终于定稿，最终这篇处女作文稿在省里获了奖。除了指导我读书、写作，很多领导、同事还经常与我一起加班加点调研，在工作、生活等各方面给予我无微不至的关怀，使我的笔耕生活不仅不再孤寂反而充满暖意……

苦乐交织的笔耕生活，让我深深体味到文字工作的不易，更深深体会到，不仅是机关文字写作，在大千世界，在各行各业中，从事任何一项工作，只要深涉其中，有着一份责任和追求，都会品味到艰辛，但只要坚守了这份执着，也一定会在平凡单调的工作岗位上，收获成功，尽享快乐！

（原载 2015 年 4 月 21 日第 1120 期《新沂市报》）

最是书香能致远

生命中，许多味道都会随着岁月的风而冲淡，唯有一缕轻柔的书香时常在心中萦绕，愈久弥芳……

腹有诗书气自华。师范毕业后，和许许多多人一样，我走进了乡村学校，成为一名小学教师。刚参加工作时信心满满，可任凭我怎样卖力却怎么也调动不起学生的学习兴趣。一位有经验的老教师给我推荐了苏霍姆林斯基的《给教师的建议》，让我豁然开朗，也深刻意识到一名年轻教师要上好课、育好人离不开读书学习。于是课余一有空闲我就扎进书中，认真汲取教育、科学、文化、历史等各方面的知识营养，并坚持写读书札记，总结教学心得，即使在外出差开会，书报也从不离身。在日积月累的书香熏陶中，我的视野越来越开阔，教学方法越来越丰富，不光受到师生、家长欢迎，连上级领导下来检查工作时，也点名要听我的课、看我的文章。

最是书香能致远。二十世纪九十年代教师工资低，地位也不高，加上本人貌不出众，家庭经济状况一般，想找个有工作的爱人都有些难。但随着我读书写作水平的不断提升，随着我一篇篇教学案例的获奖、一篇篇教研文章的发表，我的知名度也日益上升，不仅如愿以偿找到了一位教师同行做自己的“颜如玉”，还得到城区学校、上级机关的青睐，先被城镇小学点名调入，后又被教育机关选去搞文字材料，如今又调入宣传部门从事理论宣传工作。从乡村到城市，从基层到机关，工作环境的一步步变化，可以说，读书功不可没，是书在我的人生道路上亦师亦友，给我勇气，为我呐喊，助我前行。

书能香我不需花。刚走进宣传部门时，我对宣传工作一点也不了解。为了做好本职工作，我把别人休闲养花的工夫都用到读书上，除了继续读自己喜欢的文学名著等书外，还坚持啃政治理论性文章及宣传工作书籍。说实话，在时下视屏媒体吸引眼球、轻松娱乐流行的大环境下，啃自己不太感兴趣的东西，有时真的很苦很累，但苦和累往往换来的是肩上的行囊饱满、胸中的丘壑万千。经过几年坚持不懈地学习积累和实践锻炼，我的理论水平不断提高，工作成效日趋显现，先后在国家级、省级报刊上发表数十篇理论宣传文章，党员冬训、学习型党组织建设等工作也屡获省、市表彰，还多次被评为市、县先进工作者和优秀共产党员。

饮水思源。在过去最寂寞、最需要帮助的时候，书毫不犹豫地陪伴着我，使我的工作因读而精彩，让我的生活因读而幸福，因此，不论将来怎样，无论走到哪里，书，都永远是我人生路上不可或缺的精神伴侣。

（原载 2015 年 6 月 20 日第 1145 期《新沂市报》）

淘旧书

人们习惯把逛旧书摊叫作淘旧书。时至今日，尽管网络已经很发达，但我淘旧书的热情不减，业余逛旧书摊是我最愉快的活动。

旧书摊，与正儿八经的书店不同，它是在一个地方摆个摊，上面摆放着各式各样的书，看书的人在那儿随便翻阅、随便挑选，在那儿看多长时间都没关系。另外这书摊还有一大吸引人的地方就是书多、书杂，什么版本的书都有，毛边本、线装本、袖珍本、土纸本、题跋本的文学名家名作等，任人可着劲儿地挑选。

我爱淘旧书，并不完全是看重旧书很便宜的处理价码。在我看来，很多书印刷出来，又毁掉了，唯独它留下来，穿过岁月的阻隔与我握手，这是一种宿命的缘分。因此，每次看到旧书摊总是拔不动腿，哪怕是走过了，哪怕地上只摆着几本旧杂志，也要停下来看一看，总不想放过去。

旧书虽无法代替新书，却也非新书可比。旧书自有旧书的韵味，更带着过去的沧桑时光。淘到一本绝版旧书的欢欣，发现一本签名旧书的狂喜，沙里淘金的体验，非身临其境实难体会。闲暇时，在书市上走走、逛逛，在书摊上看看、翻翻，哪怕什么都未淘到也不打紧，光翻来拣去、询询问问的，也就够畅快的了。每一个淘书人都会有一次或多次的捡“漏”机缘，哪怕只一次，都是美滋美味，妙不可言，那是局外人所体会不到的。

淘旧书是件乐事，也是件不容易的事。能从一大堆废旧的印刷品中发现有价值的东西，这从天而降的喜悦自然难以形容，而不易则是说从布满灰尘和螨虫的旧书中找到真正所爱的书，两手沾满灰尘，需要耐心，犹如沙里淘金，所以，一个“淘”字也道尽了搜寻旧书的甘苦。

当然也有遗憾甚至心痛的时候。一套几年难见的好书，心系之而不可得，还让它流落街头甚至漂泊异乡，那不仅仅是遗憾，更是心痛。几年前在旧书摊上看见一套品相不错的二十世纪五六十年代的《红楼梦》《鲁迅全集》等书，皆因要价太高，最终被别人淘去，至今还心戚戚、恨痒痒的。

挑也挑了，拣也拣了，没碰到凑手的，也没什么可遗憾的，倘到手了几本，即便有些破旧，或者残缺，品相不是很好的，但觉得有些版本的确罕见，也还是会毫不犹豫地抱回家，自己再稍加修整，然后按类别放在书架上。如此喜鹊衔柴、蚂蚁搬家式地寻寻觅觅，不久我家就书满为患了。

现代人多喜在灯红酒绿中放松自己的身体，可我独爱固守书房在孤灯夜深之际享受那份宁静的书香。每每夜深人静，工作劳累了一天的我坐在书房里，望着堆满书架的一排排新书、旧书，随意抽出一本在灯下阅读、欣赏，品咂着那尘封在岁月里的往事和情感，回味着那逛书摊时的一幕幕，仿佛穿行在一条既陌生又熟稔的街巷中……

读旧书往往不像读某些包装精美的新书那样小心翼翼，常翻到哪页读哪页、眼光落到哪行读哪行，不必太考究，不过那些精言奥义、博洽雅事却也并不曾脱漏，于是，便有诸多丝丝缕缕书里书外的意趣在心头缠绕披拂摇曳生姿，于是，彳亍前行的生命里便少了许多浮躁和虚妄……

（原载 2015 年 9 月 8 日第 1177 期《新沂市报》）

在书香中行走

一间斗室、一盏灯火、一杯香茗、一本好书，就构成了一个读书人幸福的安乐窝，于是读书人一种快乐的生活就在书香的滋润下，舒缓而悠然地展开了……

我从小就爱书，可由于当时乡村生活简陋，不仅无书可读，连像样的课本也难读上，偶尔找到本小连环画册，在煤油灯下翻翻，除了冒着头发甚至眉毛被燎焦的风险，还要被母亲不停地絮叨，因为她舍不得那点灯油钱。因为迷上了课外书，影响了听课，以至于上初中时学习成绩直线下降。幸亏又受课外书中某些道理的教诲和影响，赶紧悬崖勒马，功课才逐渐后来居上。虽然读课外书影响了我当时的学习，使我差点没考上师范走出乡村，但那时所读的课外书至今让我在学习研究及写作等方面受用无穷。

好多人都说，现在工作那么忙、事情那么多，哪有时间读书？何况，电视、网络等活跃在我们周围的诱惑的确不少，各种各样愉悦感官的活动都拼命地拉走那些对书不虔诚、定力不足、耐不住寂寞的人。我的经验是，给自己做减法，减去那些意义不如读书那么重大的活动。有好多次，在我差点将书丢在一边时，我想到了读书对生活、对生命、对成长的重要，终于没有放弃。而每天临睡前，我反省的主题也总是“今天读书了吗？”多少个夜晚，疲惫不堪，虽然根本捧不住书了，我却抱也要抱着书睡，那样心里才踏实。在远行汽车上、在饭前餐桌上、在睡前床头上，只要想读书，我总能挤出时间读。

现代生活的节奏加快了，人们紧张得总像赶场似的，很容易沾染上浮躁之气。在这种氛围里，很多人都觉得读文字不如读图画、看电视那么轻松，不仅那些大部头的书不想读，就是报纸、杂志上的一些小品文、随笔，假如不具视觉冲击力也还是没有耐性读。文字这玩意儿也怪，非得静下心来细细品味方可了解浅白文字背后作者的深意。越是好书，其素淡的文字深处的含义越是浓郁。再说，阅读的快乐很大程度上也来自自己对书、对文字的二度创作。真的，当自己静下心来，潜入书中，畅游书海，文，才会越读越有味；字，才会越嚼越香甜。

在无数个夜晚或闲暇时间里，我与书展开平静而深远的交谈，驰骋古今、跨越时空，书中作者充满智慧的语言、坦诚的思想便慢慢融入自己的心灵深处，字字激荡着心魄，句句叩击着灵魂。潜移默化中自己对世界万物的着眼角度就发生了变化，并踏着智者的思想阶梯逐步达到一定的领悟境界，认知到了宇宙的博大、自身的渺小。

有时，人们读书是为了完成某些任务或为了功利性目的，任务或功利性目的往往会扼杀读书的天然乐趣。我读书全凭兴致来。在我家满满两面墙壁的藏书中，真正与我从事工作相关的书只占很少一部分，历史、文学、艺术、哲学、漫画等，我什么都读。我读书，也不一定非求甚解，也并不一定每本书都要读完。我书橱里的许多书仅是翻翻而已，只要书到用时能找到、查到就行了。我家书桌旁的地板上、客厅里的茶几上及卧室内的床头柜上，书常堆得满满的，连插足都很困难，但我喜欢这样的氛围，觉得被书淹没的滋味实在很惬意。

为了享受而读书，这种想法还决定了我读书的姿势。我不喜正襟危坐读书。躺着、半躺着读书滋味最为美妙。沙发、床、躺椅都可供我舒适地躺着读书。左手一本书，右手一杯茶，忘却烦和忧，生活何其美！每天晚上，我躺在床上东翻翻、西看看，待到读兴尽时，便不知不觉安然入睡了，睡中还常做着与书相关的梦。

书常是令人敬畏的，感觉要超越作者简直是不可能的。可有时候，又会被书中的某些言论激发出很多想法来，这些想法如同火星，掉落在饥渴的心田上，燃起熊熊大火，在胸中郁积着，不表达出来、不喷发出来就会觉得特别难过。因此我读着读着往往会停下来，写点东西，不论长短，我都敝帚自珍。这些长长短短的文字长年累月积攒起来，也很可观。这读和写的习惯也渐渐成了我的一种生活方式。现在，我每天不写上几句话，自己都不会放过自己。

在很多人看来，我又是工作又是读书又是写作，晚上睡不了几个小时，一定体力、脑力透支。可是我却感觉自己一直精力充沛。我想，我健康、我快乐，大概是因为我读书、写作，心中没有了块垒，健康自然会相随。另外，读书还不像声色犬马、灯红酒绿、荣华富贵、金钱权势那样，在快乐之后会产生、隐匿着一种空虚、失落和疏离感，恰恰相反，在这读书之乐的背后和以后，更油然而生无尽的充实、美和幸福感。

长年累月地读书使我感到，在漫漫人生旅途中，有书做伴，人生就变得充实而清醒；有书为友，生活就充满光明和激情。我愿就这样每天在书香中快乐地行走在我的读书人生中……

（原载 2016 年 4 月 9 日第 5241 期《都市晨报》）

让读书成为一种生活方式

书是人类知识的载体、智慧的结晶、精神的家园。中华五千年的优秀文化传统、为世人所景仰的经典巨著，无不靠书来承载。

我国素有“耕读传家”的良好风尚，在以前书籍缺少、知识匮乏的时代，很多喜欢读书的人，省吃俭用也要买到自己喜欢的书，有时遇到一本好书，甚至连饭都顾不上吃。而现在的情况是，书籍海量出版，知识极大丰富，但不读书、读书少的人却不在少数，有的人认为自己现有的知识已差不多了，不用读书也能应付工作；有的人认为干比学重要，读不读书无所谓；有的人认为工作太忙，顾不上读书；有的人认为社会上潜规则太多，需要的是关系而不是知识，书读多了反而适应不了社会；有的人认为现在网络发达，电子阅读方便快捷，平时遇到知识方面的难点上网查查就可以了，没必要去搬那些大部头书来钻研。

纵览古今，凡志存高远有所作为者，必定把读书学习放在重要位置。历史上素有明君之誉的李世民，他的经邦济世韬略与其嗜书成癖不无关系；革命导师列宁一生读书无数，仅在《列宁全集》中引用自己读过的书就有一万六千多册；伟大领袖毛泽东从小就为“改造中国与世界”而读书，一部《资治通鉴》读了十七遍，在逝世前还坚持读书；习近平总书记公务不可谓不繁忙，但他在俄罗斯出席索契冬奥会期间回答记者提问时说，除了工作，“现在，我经常能做到的是读书，读书已成了我的一种生活方式”……这些伟人、名人之所以能达到博学广才的境界，皆是因为他们读书修身、见贤思齐。

古今中外大量事实证明，事有所成，必是学有所成；学有所成，必是读有所得，所有人的聪明智慧都来自于实践和读书，来自于对不同领域知识的消化整合。人类无法从石器时代一步跨进现代化，不仅是因为头脑发育不够，也因为对实践的知识积累不够。人类之所以是渐进式发展，最根本的是要靠对物质世界的不断认知，在前人积累知识的基础上创造。因此，只有不断读书学习，才可能不断开阔视野，提高认知和思考能力，不至于“水中望月，雾里看花”，在人生道路上迷失自己。也只有不断读书学习，才可能不断传承前人的知识并转化为自身的智慧，有所发明创造，夯实人生基础，推动社会发展。

平心而论，在一个生活节奏加快、电子阅读勃兴的时代，让人耐下心来读一本纸质书确是件奢侈的事情，但其实想读书做到三点即可，那就是一要静、二要挤、三要用。静是读书的前提，一颗躁动不安、整天计较名利得失的灵魂不可能容下淡淡的书页，只有忙中求静，静得下来，才能读得进书。同时要学会挤。工作再忙，事情再多，只要有钻劲、挤劲，读书的时间总还是有的，古人有马上、枕上、厕上读书的“三上”美谈，今天，我们也完全可以在茶余饭后、在旅途中、在一切闲暇的时光里见缝插针读上几页书。无论静还是挤，读书的落脚点都是为了用，只有把学到的知识与实践紧密结合，学以致用，指导工作，不断体味和收获读书带来的成功与喜悦，才能更加学有动力，更加持之以恒地读书学习。

读书当然多多益善，但毕竟一个人精力有限，而世上的书籍浩如烟海，这就必须学会精读、选读。要多读一些如《论语》《孟子》《庄子》等传统文化经典，经典历经时间的洗礼与选择，是人类文化的精华，是知识和思想的灯塔，对树立正确人生观、世界观、价值观大有裨益；要多读一些好的文艺作品，通过其中人物悲欢离合的命运，深刻理解什么是真善美、什么是假恶丑；要多读一些如《毛泽东传》《林肯传》《居里夫人传》等人物传记，与伟人对话，与崇高的精神交流，汲取他们身上的力量；还要多读一些与自己工作相关的业务书籍，学思并举，知行结合，努力使自己真正成为工作、事务的行家里手。

腹有诗书气自华，最是书香能致远。虽然读书在短时间内不一定能取得迅速的回报和功利效应，但书给人的影响往往是潜移默化的，是一份对于人生最宝贵的长远投资。因此，面对纷繁复杂的社会和快速发展的世界，每个人都应像众多伟人、名人一样切实把读书当作一种生活方式，学会在令人意乱神迷的环境中抽出身来，给自己留点时间，静静地读点书，让读书成为穿衣吃饭、呼吸空气一样内生于心灵深处的一种自然而然的行为。走进书中，彳亍于字里行间，也许不必泡上一杯香茗，谨掬一瓣心香，足以让我们的心平和下来，为生活打开又一片空间。有书相伴的人生，安详优雅，被书润泽的生命，丰盈厚重。

（原载 2016 年 6 月 18 日第 1291 期《新沂市报》）

用书香充盈人生

虽然出身农家，生活并不宽裕，可由于爱好和工作等原因，书籍却成为家中不可或缺的一员，并占据着重要的位置。

本人自小喜好买书、藏书。二十世纪九十年代初刚参加工作时，工资不高，总要挤出一些资金用来买书。出差在外，碰到自己喜爱的书也从不顾舟车劳顿，常先买而后快。如今，每月不逛一次书店，不在网上“淘”几本书，心里依然觉着“过意不去”。日积月累，家中书满为患。随着居住条件的改善，2002年年初终于在县城一隅拥有一处三居室住房，特在有限的空间里辟出一间书房，置办了五个顶天立地的大书柜，使众多书籍有个安身立命之处，待五千余册藏书一上墙入柜，环壁皆书。

藏书不读，不如不藏。少年时代沉迷于《小兵张嘎》《小铁头夺马记》等连环画书，不知捐出了多少激动、快乐的泪水。略长后则更爱三毛、金庸等著作，钦佩三毛的超然与金庸的洒脱。走上工作岗位后，我成了一名乡村小学教师。初登教坛，一片茫然。为了改变这种现状，不管工作多忙，我每天总要抽出一定时间埋首书中，认真汲取教育、科学、文化、历史等方面的知识营养，并坚持写读书心得、总结教学经验，随着时间的推移，我的课上得越来越“上路”，文章写得越来越“出彩”。

妻也是个爱读书的人。家中床头、枕边到处都堆着书，文学书、理论书、教科书……繁忙的工作之余，我和妻常沏一壶绿茶，借着昏黄的灯光，共读一本书，或洞察社会百态，或对话圣贤哲人，或品味教育人生，或回溯历史渊源，或置身故事情景，或共醉诗词风韵……一盏灯火、一杯清茗、一缕书香，就构成了一个爱书人家幸福的安乐窝！每过一段时间，我就把读过的书搬到书房，整齐地放到书架上，然后又从书店采购一摞回来，开始“重复昨天的故事”。我觉得买书就像家中要添柴米油盐一样必不可少。

身教胜于言传，父母是孩子最好的老师。我和妻常在灯下埋头读书的情景对儿子产生了深刻而潜移默化的影响，他也会在没事时不自觉地拿起自己的小图书津津有味地读起来，《十万个为什么》《上下五千年》《钢铁是怎样炼成的》等书籍百看不厌。我们也经常带他逛书店，他呢，也总是见书就挪不开脚。此外，家有书房，藏书丰足，为儿子的学习、查阅资料提供了很大的便利。在书香的滋润下，孩子成绩一直不俗，目前已考上了北方的一所航空航天大学。

如果将阅读形容为一个摄入的过程，那么把所思所想、所见所闻用笔记录下来，无疑就是表达思想、袒露心声的过程。近些年，我不仅在琳琅书园中孜孜洒汗，更在写作沃土上笔耕不辍，通过读书思考，先后有《乡村教师》等四百余篇散文、随笔等见诸《新华日报》《雨花》等报刊，并有《煎饼情思》等五十多篇散文、论文获全国、省市奖励或收入各种文集中，2015 年 6 月我将二十多年来发表、获奖的散文等二百二十余篇约五十万字汇集成《洋槐花开》一书，由江苏凤凰出版社公开出版，2016 年 12 月我被省作协吸收为新会员。

尽管如今工作生活比较稳定，但多读书的念想从未淡化。

随着年龄的增长和阅历的增加，我越发感到，读书的功效不仅在于改变一个人的物质命运，更在于提升思想境界，而后者给人的获得感、成就感更多。正如作家三毛所说，“读书多了，容颜自然改变。许多时候，自己可能以为许多看过的书籍都成过眼云烟，不复记忆，其实它们仍是潜在的。在气质里，在谈吐上，在胸襟的无涯。当然，也能显露在生活和文字中”。那些早年读过的经典名著，如《平凡的世界》里对待苦难的态度、《钢铁是怎样炼成的》里对待事业的坚贞不屈等等，至今仍对我影响深刻……

与书相伴这么多年，感觉每本书都像一位无声的师长，无时无刻不在点化人、激励人，培育人、成就人。人生之路漫漫，我将把读书作为一种永久的生活方式，用书香充盈人生。

（原载 2017 年 7 月 6 日第 1446 期《新沂市报》）

第四辑

闲情逸趣

读　玉

玉从远古走来，经天崩地裂、山移石淬、冰磨水润，经亿万年乃至更长时间的天地造化，集天地之灵气，成为自然界中美丽的石头。玉与人有缘，属于能读懂它的人……

玉是那样的静，也许它原本躺在某一条河中，也许卧在某一个山凹里，也许暴晒在荒野戈壁中，同许许多多相似的石头混为一体，几乎没有什么区别，甚至会被一些五颜六色、形态各异的石头湮没，却被懂玉者在那样恶劣的环境中如获珍宝般捧回。能在那样的环境中寻得美玉而归的，如果没有一定的知识水准，没有入禅般的心境，没有虔诚的心态，如何能够这样执着地众里寻它千百度？

将玉持于手上、挂在身上，经过天长日久的盘玩佩戴，就像蝴蝶经过蛹的挣扎，玉逐渐蜕去了粗糙的土壳，恢复了往昔的灵性、润泽、色彩，雍容自若地绽放在掌心。玉因守得住寂寞而身价百倍，因耐得住等待而不同凡响，但玉远没有钻石那么夺目，也没有水晶那么璀璨，似世间温文尔雅的君子，内敛、含蓄而不张扬，似田田荷叶间滚动的一滴晨露，直抵肺腑，沁人心脾，又似一泓清澈的深潭，碧漪中透着丝丝的灵动。

玉外表温润圆和，本质却至刚至坚。古人云：宁为玉碎，不为瓦全。在盈润剔透中坚守自己的刚硬，在必要时宁为玉碎不为瓦全，做人若能达此境界，必然是堂堂正正、问心无愧的君子了。但物欲横流、浮华烦躁的世界时时干扰着世人的心境，时至今日，能用玉的品性躬省自身的人少之又少，反倒是做玉石生意的人常将孔子“君子比德于玉焉”挂在口头作为售卖的噱头，不能不让人汗颜。

世上没有两块完全相同的玉。所以，属于自己的这一块，无论是老玉还是新玉，精品还是普品，无论贵贱精粗都是天地间独一无二的。世上好玉千万，爱玉者却恰好遇见这块，世上爱玉人亦有万千，玉却偏偏遇见这一个，但玉与一个人之间的缘聚，也只是几十年吧。上一个佩玉的人是谁呢？几十年后，尘埃落定，拥有这块玉的又是谁呢？有些事是既不能去想，更不能强求的，只能安安分分珍惜这匆匆的、相属相连的岁月。

呼吸玉之芬芳，感受玉之温润，总会想到世间一些人，这些人固守着心灵的一方家园，静候一隅，独握一卷，品一壶清茶，听一曲老歌，默默地奉献，静静地生活，一意走自己的路，是那样恬淡安详、纯真质朴。在浮躁者眼中，这便是老土，是不识时务者，而在识玉者眼中，这才是真正的美玉，天然去雕饰般珍贵。

玉经识玉者赋予了灵魂，赋予了生命，便产生了无尽的价值。赏玉者与被赋予生命和灵魂的美玉相携，那才是人间真正的相得益彰啊。

（原载 2014 年 5 月 12 日第 11799 期《徐州日报》）

玉瑕记

早就想买一块玉随身佩戴，只是对玉一直一知半解。在玉市远观近摩、虚心讨教不短时日，终于在朋友的帮助之下，新买了一件和田籽料“济公”手把件。

从玉市回到家，打开灯，再次欣赏。这块“济公”手把件采用和田青白玉雕琢而成，玉体润泽光洁，轻轻敲击声音悦耳动听，淡雅的青色凝聚其中，呈现一种与自然争斗却又最终与自然和谐的色泽。可转动玉石，我突然愣住了，它的体侧竟有一条清晰的裂隙！

怎么可能？这可是我翻来覆去精挑细选的啊。反复查看，我发现，它背着灯光根本不见那条裂绺，只有在灯光的照射下，才见内藏的裂隙。尽管很小，可毕竟存在，这裂隙妨碍了它的美丽，更影响了我的心情，心底“完美”的期望落空使我郁郁不欢。

于是去跟商家理论，为什么给了我这样一个藏裂的“济公”？

卖玉的人拿出一块又一块的玉给我看。它们每一块都身价高昂，但几乎每一块，放在聚光灯和放大镜下仔细观察，都能发现明显缺陷。你看，这一块质很好，不易出裂，但易有杂质，看见这个小黑点了吗？就像美人身上长了颗痦子，你能因为她长了一颗痦子就觉得她不是美人了吗？再看这一块，它的脂很好，可惜有棉，这是天然石头自身携带的棉，你能因为几团棉絮的存在就贬低它的价值吗？

卖玉人说，大多玩玉者追求的是无瑕，是羊脂，但世界上根本不存在无瑕，羊脂也没有固定的标准，花费大把时间和金钱去追求本不存在的东西，只会让人心力交瘁。天然的玉石，几乎都带有棉、裂、筋、纹等瑕疵，正所谓“十玉九裂”“玉无纹，天无云”。如同世间没有完美无缺的人一样，这世上，完美无瑕的玉石，也是少之又少。因此，对于玉的瑕疵一定要有接纳的胸襟、包容的情怀，才会玩得健康，玩出快乐。

其实，一处浅裂，一条水线，一块僵皮，那不是玉的瑕疵，而是大自然于时光的流转中在玉身上镌刻的痕迹，如同饱经风霜的老者头上的丝丝银发、脸上的道道沟壑，那是它真实生命的胎记，只有赝品才完美得无可挑剔。

卖玉人还说，玉虽质地坚硬，沉默无言，但它经岁月的洗礼，汲天地之灵气，凝日月之精华，已成为有生命的石头。只要你把它当成身体的一部分，好好地养它，尽心地珍爱，经过一定时间的盘玩抚摸、肌肤相亲，它就会变得越来越油润可人，裂隙也会慢慢从你心中愈合褪去……

听了卖玉人的话，再细赏我的玉石，突然悟出了“瑕不掩瑜”的真谛。生活中，得与失、美丽与缺陷往往并存，再完美的东西也总有瑕疵，何况是在深山荒岭、与自然进行着血泪争斗的顽石！

既然世事完美难以冀求，那就好好珍惜这今世之缘，认真与这玉共同走过一段相属相连的岁月，静心体味它的温润纯真，做个如济公般快乐善良的人吧。

（原载2014年8月25日第11904期《徐州日报》）

品味收藏

收藏之路充满着惊喜，也充满苦涩。一旦踏上这条路，欢乐与痛苦、兴奋与焦虑便会与收藏者相伴始终。与绝大部分的收藏者一样，我在收藏的过程中，也尝遍了酸甜苦辣……

初涉收藏时，什么都喜欢，收藏的品种和兴趣老是转移，一会儿是钱币，一会儿是玉器，一会儿是瓷器，一会儿又是高古陶器，总之很乱很杂，根本没考虑形成系列，或者想主要收藏什么，就是看到什么喜欢什么就买什么，虽然也懂贪古不富的道理，可对喜欢的东西总有一股占为己有的欲望，正因如此，老是上当。

现在的古玩市场到处都是“药”，市场上的假字画、假陶瓷、假玉器、假青铜器等等，已经到了相当泛滥的程度，不细心辨别，极易打眼吃“药”。不瞒各位，几乎所有的收藏品种，本人都吃过“药”。前不久我还在一个城郊地摊上买过一件品相看上去很“美”的民窑瓷器，开价一千二百元，经过一番讨价还价，最终以五百元成交。谁知拿回家请一位瓷器高手掌眼，被告知东西不对，又上当吃“药”了。

在历经多次“吃药”和“被宰”之痛后，我深感收藏圈中没有身份、地位高低贵贱之分，只有“眼力”是最受尊重的。为了丰富藏识、练好“眼力”，业余我以书为师，还经常到博物馆、文物商店、古玩店、画廊、地摊和拍卖会，接触实物，增加感性认识。此外，遇到行家里手，不论年龄长幼、职位高低，有疑虑和不懂的地方，我总是虚心求教。

在尝尽了酸甜苦辣后，我深知收藏需要热情与理性的和谐，热而不狂、迷而不痴十分重要。一些藏者往往不注重知识的积累和眼力的练习，一味想着“捡漏”，而现实往往是“捡漏”的心情越急迫，“打眼”“吃药”的概率也就越高。此外，收藏者还应有一颗平常心。从客观上说，世间宝物无数，任何人凭一己之力都不可能全部收入囊中，只能以自己的财力、精力、爱好为出发点进行收藏活动，以平常心待之，有取有舍，量力而行，方为正道。

随着藏识的不断丰富、“眼力”的不断提高，我的收藏品也越来越多，字画、奇石、木雕、瓷器，多种多样。家中箱里藏的、床上堆的、墙角放的、壁上挂的、柜上摆的、架上陈列的，处处都是自己经年累月淘来的收藏品。每件藏品都有一段故事，记录了当时的人文情境，而时过境迁，再看到这些藏品，总会勾起重重思绪，当时的情景历历在目，令人神往，让人感怀……

闲暇时欣赏、把玩那些费尽心思淘来的藏品、古物，与远古先人进行着跨越时空的交流和对话，感受着藏品、古物散发的那种恬淡、自然和古朴之美，心态都会变得平和：藏品之于人，总是生不带来、死不带去，在占有藏品时，保持良好的心态，让藏品给后人留下精神的财富，才是收藏的应有之义。

（原载 2014 年 10 月 13 日第 11948 期《徐州日报》）

藏友百态

业余涉猎收藏的过程中，认识了很多藏友，形形色色，让我大开眼界。

老赵，一个几乎每周末都要到古玩市场转悠的收藏爱好者。因为钟情书画，逛古旧书和字画成了他每次的固定“节目”。“这里卖的很多书都很便宜，虽然有些旧，但却能买到一些在大书店买不到的，能学到很多意想不到的知识。”老赵边逛书摊边说，“我每次来也不一定买，但过来看看玩玩就很长见识，并且和藏友聊聊天交流交流，很有意思。”老赵认为，“收藏的真正乐趣就是，回到家里，如痴如醉地欣赏抚摸自己买回来的东西，那种快乐不是一时的，而是可以长久地享受。”

老钱喜爱玉器。“开始就觉得这些玉料好看，把玩时间长了，对玉器有了更深的了解，玉器收藏种类也多了起来，现在已经收藏各类玉器藏品百余件了。”在老钱看来，现今很多收藏玉器的人，看重的只是玉器连连飙升的价格，这其实存在一定误区。品味玉器的历史价值、艺术价值、工艺价值等，实则更让人流连忘返。虽然老钱是因爱好而收藏玉器，但正所谓无心插柳柳成荫，收藏给他带来的回报同样让人咂舌，他十多年前开始收藏玉器，如今价格翻百倍的，不在少数。

老孙是新世纪初开始古陶瓷收藏的。他喜欢按图索骥，各类大部头的陶瓷图录、鉴定书籍买了无数，常常研读到深夜。

但老孙就像武侠小说中的主人公在深山中修炼绝世武功一样，自己在家孤独地学习了很长一段时间，自以为掌握了不少知识，决定去古玩市场闯一闯，淘件自己中意的藏品。谁知一看到市场上琳琅满目、让人眼花缭乱的各类瓷器，除了个别器型隐约有点印象外，脑子一片空白。在这似是而非中，诸多游荡在古玩市场的“钓鱼者”，神神秘秘地询问于他、信誓旦旦地保证于他、鬼鬼祟祟地迷惑于他、阿谀奉承地取信于他，终于把众多“藏品”卖给了他，致使他耗资不菲，却满屋都是“新加坡”（新、假、破）。

老李开古玩店，爱给人家当师傅。遇到新手到他店里，他会滔滔不绝地给人家讲鉴定“秘诀”，行话一串一串地从嘴里往外冒，听得新手目瞪口呆，顿生拜师之意。老李也乐于“传帮带”，但条件是要买他的东西。很多年轻人都买过他的做旧“新活儿”，等天长日久明白了以后，就再不找他了。老李还喜欢帮人“掌眼”看古董成色、估价，但他往往习惯于看低别人的东西，大致是“你不在我这里买货，从别人那里买的肯定不对、肯定很贵！”常常几句话说出来，就彻底打击了藏友的热情，认为自己上当受骗了。

我的藏友还有：藏识丰富眼力独到的老周、诚信经营老少无欺的老吴、背井离乡辛苦淘金的老郑、梦想暴富一意捡漏的老王、贪图便宜什么都买的老冯、不懂装懂自以为是的老陈、游手好闲倒买倒卖的老褚、追求奇异误入歧途的老卫……他们都以各自不同的方式，尽情在藏市演绎着一幕又一幕人与物、人与人的悲欢离合。

小小藏市，百态人生。这里有快乐和趣味，有知识和财富，也有苦涩和失落，更有欺诈和陷阱。其实，相对于藏品来说，每个藏家都只是匆匆过客。洗掉“物欲”的污垢，摒弃“贪婪”的重枷，感受和体味古物藏品深厚历史文化的内在美，才是真正意义上的收藏之道啊。

（原载 2014 年 10 月 27 日第 11962 期《徐州日报》）

逛花市

我所住的地方距花市不远，有点空闲，总爱到花市逛逛，在花红叶绿的世界里徜徉。

花市的规模不大，但花的品种却不少，一年四季，千姿百态的花儿、桩儿竞相媲美，有倾情绽放的蝴蝶兰、蟹爪兰、君子兰，有清香四溢的米兰、栀子、木香，有桩形各异的榆树、朴树、相思，还有果实累累的金橘、红果、枸杞等，不论本地的、外地的，草本的、木本的，喜阴的、爱阳的，观花的、看果的，都争奇斗艳，尽展生机，常招惹得蜂蝶翩翩、逗引得人流不息。

我一般都是周末、假日，轻衣素服，逛进花市。花儿、盆儿井然有序地摆放在各家花摊上，各种花卉的红瓣、绿蕊、黄萼掩映在一片葱翠中，花的芬芳与树的灵动糅合在一起，在空气中弥漫荡漾，充溢着花市的每个角落。漫步花市，或赏或买，花叶的香气、露水的湿气、泥土的潮气，耳畔的问候和眼前的清新，让人不禁精神一爽，立时忘却许多烦恼。

置身花的海洋，经常能在不经意间淘到喜欢的花。我偏爱兰、竹之类，尤其是竹子，古人说“宁可食无肉，不可居无竹”，千竿修竹绕庭院的居所不敢奢求，但一竿修竹俏立室中却不是难事。买上几丛佛肚竹等适宜盆栽的竹子，换上一方典雅的花盆，配上几块透漏的瘦石，铺上几片绒绒的青苔，人竹相对，绿影婆娑，疏影横斜，一竿风月，那情那境真是妙不可言。

逛花市还可以遇到、认识很多懂花的人，与三五花友交流心得、互传花经也是非常快意的事情。不少花友对花的生长习性、栽培技术、摆放场合、健康功用等，都讲得头头是道，耳濡目染、道听途说就汲取到了许多养花知识。在花儿的无尽诱惑下，在花友的热情帮助下，我每次都不虚此行，总要从花市搬回一两盆喜爱的花来。

工作之余，给从花市淘回的散布于居室、客厅、窗台上的几十盆花草，浇浇水，施施肥，松松土，剪剪枝，换换盆，是我每天必做的事。侍弄着自己亲手种养的各种知名不知名、开花不开花的盆栽植物，劳累一天的身心，甚至因为烦恼而沮丧的心境会立刻变得明朗起来，尤其是看到花儿在自己的劳作中由纤小变得葱茏，就会感受到生命的蓬勃旺盛，体验到生活的多彩缤纷，那份喜悦是只赏花而不养花的人永远体会不到的。

逛花市不仅让我在繁忙和喧嚣中寻找到了一份悠然，更把自然引进了家里。清晨，当第一缕阳光照在窗台，首先映入眼帘的便是那片浓浓的绿意和花儿异常舒展的身姿，满眼睡意顿时烟消云散。冬日下雪的日子里，窗外冰天雪地，室内却生机盎然。春日，兰草吐蕊；入夏，茉莉绽蕾；秋季，菊花怒放；寒冬，蜡梅飘香。抬头满眼绿，低头尽芬芳。生活，在情态各异的满室花草中有滋有味地演绎着生机与美丽……

身居闹市，钢筋水泥，缺少梅兰竹菊的眷顾；人在职场，文山会海，难得风清月白的逍遥。不妨偷得浮生半日闲，常到花市走一走、逛一逛，不仅给纷繁芜杂的生活播下一片静谧，使疲累的心灵在花草的世界里得以憩息，更能使冗繁忙碌的人生旅途沾满自然的芳香呢。

（原载2015年11月17日第1204期《新沂市报》）

乐在花钱集藏中

几年前一次聚会时，一个朋友腰间挂着的一枚大“铜钱”吸引了我的目光，赶紧要过来看，原来根本不是什么“咸丰元宝”“淳化元宝”之类的行用古钱，而是一面镌着十二生肖、一面刻着八卦的钱形物，朋友告诉我这是花钱。花钱精美的图案和别样的纹饰一下子唤起了我内心的共鸣，从此和花钱结下了不解之缘。

为了了解花钱，我到图书馆查阅了相关书籍，还买了许多书回家仔细阅读，并上网查阅、请教行家，知道了许多花钱背后的故事。原来花钱也叫厌胜钱、压胜钱，起源于西汉，至清末民初都有铸造，它最初的本义主要是压邪禳灾和喜庆祈福两大类，到了后来，花钱的应用范围越来越广，诸如开炉、镇库、馈赠、赏赐、祝福、辟灾、占卜、玩赏、戏作、配饰、生肖等等都要铸钱，材质也多种多样，除了铜质，还有金、银、锡、铅等。花钱不像行用钱币那样正统、规范，它借助钱币的形制，把古代的思想、艺术、民俗、宗教等都融汇进来，中国古代钱币文化的内涵因此丰富、延展了。

花钱，因其与民俗、宗教等息息相关的历史背景及其精美的制作工艺为许多藏家所青睐，但由于花钱没有类似现代钱币的“防伪方式”，验证起来只能依靠颜色和花纹等，对购买者的眼力和见识提出了很高的要求，正因如此，市场上的造假现象十分狷獗。初涉花钱收藏时，我也交了不少学费。平日研究钱谱，某某名花钱入心入脑，一到市场，往往按图索骥，蓦然一枚钱币跳入眼帘，就是谱上那枚名钱，头脑一热，急忙出手，拿回来静心一看，“高仿”一枚，后悔不已！但我从来没有去退货，而是将这枚花钱放在显眼处，始终提醒自己，钱币有假货，掏钱须小心。

随着“堑”吃得越来越多，“智”也不断有所增长，我知道花钱的传统鉴定，与瓷器和行用钱币一样，可以先通过目测造型、颜色、材质、纹饰、文字及其工艺特征等方法了解花钱基本情况，然后再通过用手摸、掂分量、听响声等辅助方式，来进一步判别真伪。不管真钱的铭文如何清晰，纹饰如何生动，一旦再次翻模，新钱风格总难免有些板滞。真品花钱色泽自然细腻、光亮，文字、图案清晰，伪品则不然，但如果仿铸逼真，在形制、铭文、纹饰相同的情况下，就要注意铜质、厚重、文字书写特点、时代风格和特征等。

自打迷上了花钱，每周日的古玩市场是必逛的。如果因为其他事不能去，心里也痒痒得像猫抓一样。来到市场，一个摊一个摊地浏览，看到有花钱，便蹲下来，细细挑选，相中的，赶紧抓在手里，讨价还价，生怕跑了。时间一长，摊上的小贩都成了朋友，上了新货，或者打个电话发个短信告诉我，或者等我到市场再拿给我看，往往有不错的收获。遇见相熟的币友，便聚在一起交流，自己近期收了个什么钱，品相如何好，上一集又错过了什么钱之类，有时候也把拿不准的钱拿来让朋友过过手、掌掌眼、估估价，钱对了，捡小漏便喜上眉梢，钱打眼，火大了也说没花多少钱，即使心中非常失落、失望……

为收集花钱，我还跑遍了周围数地的古玩市场和村庄，付出了许多艰辛，但只要钱币握在手中，满身的疲惫转眼就会烟消云散。功夫不负有心人，虽然限于经济条件高档花钱玩不起，但一些品相上乘的普通花钱诸如“生肖钱”“八卦钱”“吉语钱”“符咒钱”等还是有一些的。每当得到一枚心仪的真品花钱，我便视若珍宝，白日里摩挲再三，反复端详，夜里放在枕下，神游万仞。闲暇时，我爱拿出自己集藏的花钱，一一观览，在那红斑绿锈、满目沧桑的古币间徜徉，领略我国民俗花钱的绚烂多姿，感受中华钱币文化的浩瀚精深。有时我也效法古人、友人，将其系于腰间，随时鉴赏把玩，别有一番传统情趣。

几年的花钱收藏，有失之交臂的遗憾，有上当受骗的痛苦，更有“踏破铁鞋无觅处，得来全不费工夫”的意外之喜。不过，我感觉，不管是捡小漏还是打小眼，均是一种难忘的回忆；不管是扫摊拣货还是与朋友交换，均是一种怡情的快乐；不管是网上交流还是出差寻访，均是一种与花钱不解的缘分！未来岁月漫漫，我将乐此不疲。

（原载2016年2月19日第24125号《光明日报》）

佩玉于心

若世上有一种石头，让人一见倾心、难以割舍，可能便是玉了。不知道是不是每个人都喜欢玉，但我是。

每一方玉都是天地自然孕育的精灵，每一块玉都有属于自己的一段生命故事。洪荒时期，玉以岩浆或其他姿态，游走在大地母亲的心脉中。忽一日，天崩地裂，山体坍塌，山川移位，河流改道，大地四分五裂、心脉俱断，玉随着烈焰火浆喷涌而出，在地底四处流窜，一路跌跌撞撞，最后被迫挤进了昆仑山脉裂缝之中，或裸露在断裂山脉之巅，渐渐凝成一块坚硬的石头。

那时的玉，只是一块皮糙肉粗的顽石，俯仰于天地之间。然而，巍巍昆仑之巅，长年冰雪覆盖，风云变幻莫测。在无数地火淬炼、冰川凝冻的交替中，玉采天地之灵气，吸日月之精华，再加上一些酸或碱性物质的长期浸润、代换，其粗糙的肌肤纹理渐渐变得温润细腻起来，硬朗放荡的心地慢慢变得通透明彻起来。随着岁月的更迭、时空的转换，一部分玉破山而出，裸露于天地冰雪之间，一部分玉滚落到山涧河流之中，与冰水沙石相亲相融，又经过漫长岁月的浸润、磨炼，玉脱胎换骨变得倍加坚韧、细腻。

昨日的沧海桑田，不过是烟云一朵，玉的使命，只为了遇见生命中的有缘人。在辽阔的戈壁荒野，在苍茫的边地滩涂，玉或深藏石中或卵砾做伴，静静等候，等候那千年一回的不期而遇。当有一天被采玉人慧眼识之，把玉从一堆砾石沙壤中珍重挑出，玉便决然入世，任人雕琢赏玩。

玉的美在于其光泽和温润，更在于其雕刻和技艺！一块玉，因为环境和别的外在原因，成长的岁月里，不可避免地浸入了少许模糊不清的杂质。一块毛坯石料，奇形怪状，质地并非上佳，甚至是有瑕疵缺陷的弃料，然而经过玉雕师的因材施艺，或雕琢山水林壑，或勾画神仙人物，或打造亭台楼阁，或镂刻花鸟虫兽，在极具挑战性的精雕细琢、剜脏去绺中化腐朽为神奇，玉里面的瑕疵杂质越来越少，越来越温润剔透。

像暗夜里的蝉终于熬尽寒暑，一朝见到毕生追求的灿烂阳光就要开口欢唱；如一只毛毛虫终于挣脱重重茧衣的束缚，羽化而成惊世的艳丽，必将振翅飞翔，一件件精雕美玉，如一个个精致的女子，带着生活的味道，温婉，内敛，飘然出世，让人忍不住想要疼惜，想要呵护。爱上一块玉如同爱上一个人，不需要任何理由，没有前因，只需片刻，那是初见的眼缘，一瞥，便在心底生根发芽。取一段千回百绕的红线系住，从此以后，人和玉同脉动共呼吸。

佩玉于身，闲暇时把玉一件件拿出来，洗净双手，小心地、仔细地抚摸把玩，温软细腻的触感霎时通过指尖荡漾开来，沁入心脾。玉和人肌肤相亲，日夜相伴，慢慢地玉因了人的滋润而通体晶莹，如云似水，滑如洁冰，温润似肌。天长日久的贴身相随，玉亦如身体的一部分，不仅是一种美丽的陪伴，也是一份细心的呵护、永恒的温暖。玉之温润，玉之颜色，玉之纯净，无不让人消解烦忧、荡涤尘俗、愉悦心灵。

人养玉，玉养人。在与玉的朝夕相处中，很多人常不自觉地汲取玉的天然灵性，变得如玉般优雅和润。你看那些身佩玉件的人，多神情淡定、气质脱俗，他们不张扬、不炫耀、不凌弱，如玉一样内敛、谦恭、自持。当然任何事情都不是绝对的，也有些身在玉中的人却往往做着违背玉德的事，你看有的人为了追求所谓经济利益，往往忘却传统艺德，粗制滥雕；有的人以次充好、以假乱真，极尽所能，骗人钱财。尽管如此，玉依然含蓄包容，以其儒雅之风澄澈世心。

佩玉、赏玉、玩玉，还常不自觉地生出诸多感慨，玉从顽劣的磐石中走出，历经多少日月星辰的洗礼，历经多少风霜雨雪的磨砺，历经多少沧海桑田的蜕变，历经多少工匠艺人的打磨，历经多少商家小贩的流转，最终修成正果、大放异彩、安得其所，其间经历了无数的磨难、蹚过了无尽的坎坷。人生不也如此吗？无论是谁，经不起世情冷暖、岁月风霜、疾困撩扰、浮浮沉沉，怕也难品到人生的真谛吧?!

每一块玉都有其天然神奇的鲜明特征，都有其天下无双的唯一个性，尤其是籽玉，乃是从高山深矿风化剥落的山料、山流水料，历经冰雪山洪亿万年的冲刷磨蚀而成，形成就已十分不易，洁白无瑕更是万里挑一、求之不得。因此属于自己的这一块，无论贵贱精粗都是天地间独一无二的。

“石韫玉而山晖，水怀珠而川媚。”限于条件或其他因素，并不是每个人都能拥有、佩戴一块玉的，不过，拥不拥有玉、佩不佩戴玉是次要的，重要的是佩玉于心，每个人胸中都能蕴藉一块玉，时时在心灵深处闪烁着雅洁的莹辉，时时关注着我们的一言一行，时时都在提醒我们要谦和友善，要沉稳内敛，要淡然面对人生。诚如此，即使形影孤单，人生也不会空虚寂寞，即使身处杂芜，生活也不会受世俗浸染。

岁月不居，时节如流。今生愿做那滚滚红尘中的爱玉人，为玉而生，以玉为伴，佩玉修身，缠缠绵绵，永无休止！

（原载2020年4月21日第1852期《新沂市报》）

孔雀和乌鸦

一只黑色的乌鸦正栖息在公园的橘子树上，这时一只孔雀在树下高昂着头走过。乌鸦尖叫道："我的天啊！怎么能让这样一只怪模怪样的鸟儿走进这座公园呢？你瞧他散步时那副趾高气扬、大摇大摆的样子，傲慢得俨然像这里的国王。另外，他还长着那么难看的一双脚。他的羽毛活像蓝色的幽灵，换了我是绝不会喜欢那种可怕的颜色的。还有，他总是像狐狸一样喜欢拖着尾巴到处转悠。"孔雀微笑着说："亲爱的先生，我觉得您说得有一定道理。为了使肩上的羽毛充分伸展开，我常常昂着头。我知道我很丑，长着一双皮包骨头的皱巴巴的脚，为此，我也不得不仰着头，免得经常看见那双难看的脚。所以，您提醒得对，我将尽量表现得谦逊些。您提到我可怕的翅膀，它天生就是那种颜色，谁也无法改变，相比之下，我倒觉得您的翅膀更美些……"

孔雀的话音还未落，恰好有一群游人从此经过，他们看见孔雀不禁发出了一声声惊叹："好漂亮的羽毛，像蓝色的屏风！""简直是一位高贵的公主！"……这时，乌鸦难为情地拍拍翅膀，灰溜溜地飞走了。

在现代社会中，真诚地欣赏他人如水之于沙漠一样从人们的心田里悄悄地流失。在生活的压力下，人们很快学会了苛责，对朋友、对同事、对孩子……渐渐忘记该如何去赞赏别人，甚至有些人如故事中的乌鸦不惜以尖刻的语言之剑去刺伤他人，来满足自身的虚荣。其实，不管生存压力多大，我们当如故事中的孔雀，送人玫瑰，心留余香，因为心中的馨香才是恒久不败的。相反，如果像故事中的乌鸦，送出的是言语的荆棘，那么自己心中的刺往往更难拔掉。

（原载 2002 年 9 月 26 日第 1852 期《新沂日报》）

巨魔和渔夫

大海深处有一个瓶子，这个瓶子中困着个巨魔。那是五百年前被一位神仙收进瓶里的巨魔。巨魔曾发过誓，谁可以将他救出来，他就赠予此人一座金山。

可是，五百年过去了，还没有人把这瓶子捞起来。巨魔十分气恼，他诅咒说："以后，如果谁把我救出来，我就一口把这个人吞掉。"有一个年轻的渔夫撒网捕鱼，当他收网的时候，发现网里有一个古旧瓶子，他把瓶塞打开，啊！一阵浓烈的烟雾喷出来，徐徐吐出一个比山还大的巨魔。"哈哈哈哈！"巨魔的笑声震得海涛汹涌起来。他说："年轻人，你把我救出来，我本应谢谢你，可是，你做得太迟了，倘若你早一天把我救起，你就可以得到一座金山啦！唉，我等了五百年，我太不耐烦了，我已经许了恶愿，要把救我出来的人一口吃掉！"那青年吃了一惊，但立即镇定地说："哟，这么小小的瓶子，怎能盛下你呀，你一定是在说谎，你再回到瓶子给我看看。"

"哈哈哈哈，我不会上当的！《天方夜谭》早把这个古老的故事说过了，我如果再钻入瓶子里，你把塞子再塞上，故事不就说完了吗？"

"什么？你看过《天方夜谭》？你真是一个博学多才之士呀！你看过苏格拉底的哲学著作吗？"

"哈哈！这五百年我躲进瓶子里，穷读天下的经典著作，苦苦修行，莫说是西方的著作，连东方的《论语》《孟子》《大学》《中庸》我都念得熟透了。”

“啊，中国太史公的《史记》你也颇有研究吧？墨子的著作你有涉猎吗？”

“别说了，经史子集无一不通！”

“不过，我想你一定没有见过《红楼梦》的手抄本，这是一个难得一见的版本呢！”

“哈哈哈，你这个小子太小觑我了，这本书的收藏者正是我呀！让我拿出来给你开开眼界吧！”巨魔立即又化作一股浓烟，徐徐进入瓶子里。这时候，那青年渔夫再不迟疑，连忙拿瓶塞堵住了瓶子。

底线思维能力是一种客观地设定最低目标、立足最低点、争取最大期望值的积极的思维能力。每一个人在成长过程中难免会遇到困难甚至是危险，这些困难或危险有时候就像这个故事中的巨魔，往往让人觉得不可克服、难以逾越，可是巨魔也有他致命的弱点，就是他虽然穷读了经典，但他没有深刻汲取以往教训，不会灵活变通。巨魔的弱点就是解决困难和问题的突破口。年轻的渔夫在巨魔面前镇定自若，牢固树立底线思维意识，把工作的基点放在出现较大的风险上，准备好对策，凭智慧和胆量让巨魔重新钻回到瓶中，为自己找到了一条生路，置之死地而后生。

（原载 2016 年 9 月 15 日第 1329 期《新沂市报》）

第五辑

人物写真

倾尽心血全不悔

窗外，细雨正缠缠绵绵地下着，轻柔，细腻，无声，几乎让人感觉不到她的存在，但她却在无声中，浸润着大地，滋养着万物。江苏新沂市新店小学的徐淑婷老师正如这连绵的细雨，为乡镇教育事业，二十多年如一日默默倾洒着自己的心血，谱写了一曲爱的赞歌。

1973 年 8 月，二十一岁的徐淑婷抛开舒适的家庭生活，毅然报名到偏僻的乡村小学当了一名普通的民办教师。她家离学校五六里远，路孬难行，常常是晴天一身汗，雨天一身泥。为了不影响教学，她每天早晨五点多钟就起床，直到天黑才回家，然后还得备课、批改作业到深夜，什么家务也没时间干。为此，丈夫没少跟她闹矛盾，可她总是耐心地跟丈夫说，我既然当了教师，就要把工作做好，不能误人子弟啊！工作以来，无论家中有多大困难，她也从未影响过学校的工作。1990 年春天，她患了严重的胃炎，需要天天输液，她也总是利用课余时间治疗，从未耽误过一节课。

从教二十多年来，徐老师一直担任低年级的班主任工作。低年级学生年龄小，自理能力差，她就像妈妈爱护孩子一样关心学生。一次，顾小明同学生病了，她把他背到医院，掏出钱为他买药治病，还在医院陪了他一夜，直到家长赶到。又有一次，杜小培同学上课时将屎拉到了裤子里，她不怕脏，把他浑身上下洗得干干净净，还从家中拿来自己孩子的衣服给他换上，家长感动得热泪盈眶。

每天早晨，她都是第一个到校，把办公室打扫得窗明几净。数九寒冬，她总提前把教室内的炉子烧好，烧上一壶热水，供同学们饮用。她还从家中带来米，给路远的同学煮饭。夏天雨天多，她就把路上经过水沟多的同学一个一个背回家……

为了教育好学生，她每学期都抽出大量的时间对学生进行家访，她教过的所有学生家中都留下过她家访的足迹。据不完全统计，二十多年来，她家访学生，行程约达万里，走访学生家达一千二百多次，转变后进生二百余名。在教学中，她还注重运用启发式，并不断探索新教法、新经验，寓德于教，寓教于乐，使学生在认真快乐的学习中，学到知识，受到教益。

一分汗水，一分收获。在历次市、乡教学质量调查中，她所带班级的成绩都是居于前列，合格率、升学率都是100%，她班的少先队工作和课外活动也多次在市、乡受到好评，并成为全乡班队工作的先进典型。徐老师也连续五次被评为县先进工作者，两次被评为徐州市优秀辅导员和优秀班主任，三次被评为县“三八”红旗手。1991年7月，她光荣地加入了中国共产党。当人们盛赞她的成绩时，她总是谦逊地说，成绩只代表过去，奉献将永无穷期。她决心用自己的爱心和汗水，为她钟情的乡村教育事业，奋斗终身……

（原载1994年8月18日第1954号《中国教育报》）

漫笔潇洒画人生

龙年新春，笔者走进紧傍沭河西岸、静卧在一条幽曲小巷里的江苏省新沂市漫画家戴蕾的家。他的家并不宽敞还稍显杂乱，却处处充满书香和动人的文化气息。初见戴蕾，1963年出生的他，高高瘦瘦的，白净的脸膛，一点也看不出他在漫画作品中的机智、尖锐和深刻。谈得久了，才发现他平淡、冷峻的外表下其实包含着火热的激情。

戴蕾的漫画，选材奇异，笔法严谨，寓意深刻，造型夸张，线条丰满，融抒情、幽默、讽刺于一炉。戴蕾略显凌乱的创作台上放着几本厚厚的剪贴簿，里面全是他十多年来在《中国漫画》《讽刺与幽默》《追求》和《扬子晚报》等全国一百多家报刊发表的一千多幅漫画作品。

戴蕾学画，并非偶然。他父亲戴宗鹏先生，二十世纪五十年代就以文学创作和绘画闻名于江苏文化界，戴蕾从小就受到良好的艺术熏陶。他中学毕业那年，父亲希望他自修中文，选择文学创作之路，他经过深思熟虑，违背了父亲的意愿，毅然闯进了陌生而诱人的漫画世界。

生活从来不会亏待勤奋的有心人。每当夜晚，妻儿进入梦乡，他便端坐在画室的创作台前，精心构思着一幅幅给人启迪的漫画，直到深夜……不论春夏秋冬，十年如一日。1988年，《刺玫瑰》发表了他的第一幅漫画作品《考试》。从此，一发不可收。现在他仅在报纸杂志举办的漫画征稿大赛中获奖就达二十多次，其中很多漫画被全国各种报刊转载。1994年中国人事出版社为他出版了《戴蕾幽默漫画台历》，并在全国发行。多家报纸、电台、电视台对他作了专题报道，他的名字也被载入《民间名人录》《中国漫画家辞典》及《东方之子》等多部书中。

戴蕾现为江苏省美术家协会会员、漫画协会理事。我们期待他更多更好的漫画作品不断问世。

（原载2000年3月6日第2585期《经济新闻报》）

古稀老人奥运情

2008年北京奥运会的成功申办让每一个中国人为之振奋，许多人也在用自己的实际行动表达着对奥运的深情期盼。被联合国教科文组织授予“中国民间工艺美术家”称号的江苏省新沂市新安镇农民张虎就是一个用自己双手在树根上雕铸奥运精神的根雕艺人。

生于1936年的张虎自幼酷爱盆景艺术和奇石收藏。不惑之年，他在一次偶然的机会中发现，一个枯死的树根形态奇特，如获至宝，就把它拿回了家，经过巧妙刮垢、磨光，一件形态逼真的“运动健儿”根艺作品就这样诞生了。从此，他迷上了根雕艺术。

根雕是一种很细腻的活儿，每一件完美的作品都需要付出许多心血和汗水。首先要选择坚实的木头，木质不好就难以成型。还要经过除虫、扒皮、晾干、粗磨、细琢、配座、上色等烦琐工序。张虎常以天然树根形态为主要依据，在尊重自然的基础上，反复审视，依照根材的固有特征，巧妙构思，因势利导，并根据根材的色泽、质地、形体、纹理等创作一定的天然意趣，将一个个被人们废弃或作为薪火用的杂乱无章的树根，去粗存精，化腐朽为神奇，变成一个个活灵活现的“生命”。从事盆景、根艺创作三十多年来，张虎已先后制作盆景、根艺作品两千多件，获国家、省、市大奖一百多项。

2001 年 7 月，当张虎在电视上看到北京获得 2008 年奥运会举办权时，备感兴奋的他立即萌生了创作运动作品、为中国奥运健儿鼓劲加油的念头。为得到造型奇特、富有意趣的“奥运”树根，他经常独自一人带上一把锯子、一把镢头，揣上几个馒头，到几十里外的马陵山上、骆马湖畔“寻根”，饿了吃干粮，渴了喝湖水。每当他把搜寻到的树根绑上自行车疲惫地带回县城的家中时，城内往往已是万家灯火，但他乐此不疲。在他的不懈努力下，他先后搜寻到了神似五福娃、奥运圣火、体育动作等的天然树根。

张虎并非科班出身，为了使作品造型准确，一个树根他往往能琢磨上十天半个月，吃饭、睡觉都不顾。在收看电视转播的体育比赛以及欣赏体育题材的摄影作品时，他常细心揣摩运动员的表情、姿势、角度，抓取从事不同体育项目运动员一瞬间的精彩动态，力求在奥运根雕中充分体现人与自然的和谐。他每天不停地忙活着，就算闲着，脑子也在想着作品。为了把形与意巧妙地结合在一起，他还经常在半夜起床望着作品浮想联翩……

功夫不负有心人。张虎先后完成以“奥运圣火”为“领题”的“情系奥运”根雕精选作品二十八件，这些作品涵盖足球、游泳、武术、柔道、投掷、体操等二十多个项目。走进他的家，俨然走进了“奥运赛场”，你瞧：乒乓球运动员“严阵以待”；篮球健将一跃而起“腾飞”投篮；体操表演“婀娜多姿”；铅球运动员尽力“投掷”……一件件形象逼真的根雕作品，因赋予的名字而充满了灵气，表达了张虎最真挚的情感，寄托了他对奥运的神往。

“同一个世界，同一个梦想”，是十三亿中国人向世界表达的共同心声。古稀之年的张虎的梦想，就是创作出一套完整的“奥运比赛项目”根艺作品，用自己的特长和赤心为中国体育事业腾飞奉献一个普通苏北人一份火热的情怀。

（原载 2008 年 5 月下半月版《花木盆景》）

大爱撑起生命的蓝天

吃饭时需要插上导管，她再把熬好的糊糊一点点灌进去；大便解不下来，她用手一点点地抠；痰噎在嗓子里出不来，她就用嘴一点一点地吸……十四年来，天天如此。她，像一枝凌寒的梅花，一年四季绽放着温暖；她，凭着超人的毅力和坚强，用青春和大爱为丈夫撑起一片生命的蓝天。她就是驻江苏新沂摩步某旅副指导员杨建付的妻子鲁冬梅。

病魔袭来

1997 年 6 月，驻江苏新沂摩步某旅现役军人杨建付和在一家纺织厂工作的鲁冬梅在亲人与战友的祝福声中结合了。婚后的生活是平静而甜蜜的。在杨建付看来，贤惠的妻子非常能干，家中大事小情都被她安排得妥妥当当，整日在军营里摸爬滚打很少有时间顾家的杨建付幸福得像个孩子一样。

然而天有不测风云。1998 年 7 月，鲁冬梅产后几天，丈夫杨建付的假期到了。归队后的一天中午，杨建付吃完饭后突然觉得浑身疼痛，肌肉无力。刚开始，他没把这当回事，估摸着是训练比较苦的缘故，休息几天就好了。可是过了几天，仍然不见好转，杨建付越来越觉得不对劲。后经医院专家诊断，结果是运动神经元受损症。这种疾病在全世界都比较罕见，一般病人存活时间不超过五年。听到这个结果，杨建付简直不相信自己的耳朵……

拖着疲惫的身子，杨建付回到了老家，把这个噩耗告诉了正在坐月子的妻子。鲁冬梅怎么能接受写一手好字、画一手好画、打一手好篮球、五千米越野拿过炮兵学院冠军、壮得像头牛的丈夫会患上这种怪病呢？夫妻俩抱头大哭一场。这一年，鲁冬梅刚刚二十六岁啊！

看着曾经那么健壮、那么英武的丈夫，日渐枯萎不堪，鲁冬梅的心碎了。一连好几天，她茶饭不思。但静心一想，不能这样啊，如果自己也倒了，这个家不就彻底完了吗？他在，就是一个完整的家！她暗下决心，无论怎样都不能放弃，一定要把丈夫从死神手里夺回来。于是柔弱的她开始踏上漫漫求医之路……

寻医苦旅

为了照顾杨建付，鲁冬梅毅然辞掉了老家的工作，随丈夫来到部队。

得病后，杨建付的脾气变得异常暴躁，经常为小事大吵大闹，常常对鲁冬梅发一些无名火，甚至暴躁到张口咬妻子。每次发生这样的事，鲁冬梅总是忍而又忍，默默把眼泪往肚里咽。她能理解丈夫的心情啊，原本能跑能跳的男人突然软得像面条，心里得多难受？第二天一早，她就像什么事也没发生一样，照样起床烧饭、洗衣服。

屋漏偏逢连夜雨。1999 年春节前夕，鲁冬梅由于照顾杨建付，自己身体在极度透支的情况下一拖再拖，得了急病，差点将自己的命都搭进去，好在医院抢救及时，使她脱离了生命危险。就在这种情况下，鲁冬梅在手术后第三天没等伤口愈合就回到家里照顾杨建付。

只要听到哪里能治杨建付的病，鲁冬梅就马上询问情况，到处筹钱给他看病。2000 年 4 月，鲁冬梅听说石家庄一家医院治疗运动神经元受损效果比较好，当时，女儿杨楚军才两岁，放在家里没人照顾，于是她身上背着女儿，推着坐在轮椅上的丈夫来到石家庄那家医院。每次上下火车，她只能找好心人帮忙抬轮椅，无论走到哪里，都引来一片同情的目光。

在石家庄，由于水土不服，女儿杨楚军不停地拉肚子，可是鲁冬梅顾不上照顾。一天，小楚军拉肚子脱水了，躺在地上晕了过去，两只眼珠直往上翻，好在同室的病友家属找来医生抢救。鲁冬梅匆匆赶到时，被眼前的场景惊呆了，手脚直哆嗦。幸运的是由于抢救及时，小楚军没发生什么意外。这事让鲁冬梅觉得对不起女儿，晚上她抱着女儿哭了很久很久……

2003 年 11 月，她打听到北京一家医院可以通过干细胞移植来治疗这个病，但一次性治疗费就要五万元。多年来，为了给丈夫治病，鲁冬梅省吃俭用、四处借债，甚至为了省点奶粉钱，女儿杨楚军几个月时就被强行断奶了。此时，部队、驻地及亲朋好友闻讯纷纷伸出援手，为他们报销部分医疗费并开展了“献爱心”活动。在多方支持和帮助下，2004 年 1 月 10 日，她来到北京那家医院陪丈夫做手术。由于做干细胞移植手术，杨建付身体出现好多反应，呕吐不停，但住院的二十天里，鲁冬梅将丈夫护理得无微不至，同室的病友都很感动，羡慕杨建付有个好妻子。

走了十几个城市见了几十位专家上百个病友，鲁冬梅终于相信，“运动神经元受损症”是世界性难题，甚至比癌症还可怕。2003 年 7 月，在被北京一家著名医院告知回天乏力之后，鲁冬梅推着丈夫去了故宫，看了天安门，坐了地铁——她想让丈夫多看看。故宫台阶多，她一阶一阶抬轮椅上去；地铁推轮椅不方便，她抱着丈夫上下车厢。七天后回到家，鲁冬梅全身淤青……

自从1999年到部队后，为了照顾杨建付，鲁冬梅从来没有回过一趟老家，有时想家了，就让年迈的母亲来部队一趟。为了给丈夫治病，她舍不得吃舍不得穿，多年来，她几乎没有逛过一次商场，没有陪小孩去公园玩过一趟，除了杨建付需要寸步不离地照顾，就是为了省钱。她说别人过春节可能要花很多钱，她经常是五十元就把一个春节给打发了，二十元给孩子买套衣服，三十元买点年货就算不错了。

永不言弃

鲁冬梅说，生活上过得再艰难，经济上再拮据，她都不担心，最怕的就是自己生病和小孩生病，因为现在杨建付几乎一刻也离不开她。

由于肌肉渐进萎缩，杨建付失去了吞咽和咀嚼功能，躺在床上除了意识清醒、眼珠能转动以外，其他功能几乎都丧失了，一粒米和一口痰都可能置他于死地，每天吃饭只能靠一根导管从鼻孔伸到胃里去。鲁冬梅每天把鸡肉、牛肉、猪肉、青菜、大米用绞肉机绞成糊状，放进锅里熬，一天喂四餐，不冷不热。除了四顿正餐外，为了让杨建付营养平衡，她每天喂两次水果、两次牛奶，一顿饭要喂上一个小时，遇上他不舒服，一个小时都喂不完。每天鲁冬梅吃饭总是在喂丈夫的间隙自己匆匆扒上两口，往往喂完了他，自己的饭也凉了，多年来她没有好好吃过一顿饭。

由于杨建付长年卧床不起，每天的营养搭配必须非常均衡，否则大便结块。每次大便出不来，鲁冬梅用温水一点点地冲，用手一点一点地抠，因为如果大便解不出来，就有可能导致生命危险。除此以外，鲁冬梅每天要给他洗脸、刮胡须，帮助他做运动，给他拍背、搓脚，还每半小时给他翻一次身，每夜起来吸痰好几次。几年来，她没睡过一个完整觉。

2004年年底，杨建付身患重感冒。由于有炎症，杨建付每天痰很多，噎在嗓子口出不来，有时憋得浑身发紫。为了不让他发生危险，鲁冬梅就嘴对嘴一口一口给他吸，就这样连续吸了五天。最后，在医院的精心治疗下，在鲁冬梅无微不至的护理下，杨建付的病情终于有所好转，从“鬼门关”转了一圈又回来了。

鲁冬梅常说，只要有百分之一的希望，她就会尽百分之一百的努力，只要努力了就不后悔。为了丈夫，无论自己吃多少苦，受多少累，她都愿意。杨建付现在仍靠吃药维持，每次拿药她都要一个人跑到千里之外的邯郸。由于服的是汤剂，为了节省路费，在药效允许的情况下，她能多背点就多背点，一次背上百斤的药回来是常事。

在杨建付家，墙上的结婚照那么醒目，那个头发乌黑浓密、美丽温润的新娘，如今已充满沧桑。十四年的时间，鲁冬梅不离不弃地陪着爱人默默走过，是怎样的信念支撑着她？但她还是觉得自己能做的太少，“每次看到电视上那些换肾啊换肝的新闻，我都在想，我情愿他得的是这种病，这样我就能把我的肝、我的肾都换给他。可他偏偏是这样的病，我什么都给不了。”不过，“每天能说一句‘杨建付起床了’，我就很知足了。”

苍天不负苦心人。夫妻俩顽强的意志感动了苍天，也打破了杨建付最多活不过五年的断言，鲁冬梅用十四年的青春和爱创造了丈夫生命的奇迹，她也先后被集团军、旅评为“感动军营十大新闻人物”，事迹曾受到《人民前线》四版头条刊发报道。目前，杨建付身体状况基本稳定，安静躺在病床上的杨建付白白胖胖，脸红扑扑的特别精神，有时甚至能用眼神和妻子交流感情。看着妻子越来越憔悴的面容，杨建付虽然无法用语言表达自己内心的情感，但常常眼眶含满泪花……

（原载 2012 年 3 月 13 日第 665 期《新沂市报》）

剪出生命的阳光

“我这把剪子，能剪龙、能剪凤，能剪老鼠生儿会打洞……”这是国家级非物质文化遗产项目代表性传承人、新沂市民间剪纸艺人王桂英自编自唱的《剪纸歌》。从事剪纸六十多年来，王桂英剪出的富有浓郁乡土气息的作品，一直受到海内外人士喜爱，其中《打场》《翻山芋》《洗被单》《农家乐》《农村四季喜事多》等近百件作品在国内国际展出中获得大奖，多幅作品被北京等地的美术馆及国际友人收藏。1995年，她被联合国教科文组织、中国民间文艺家协会授予“民间工艺美术家”称号。

王桂英，1940年出生于新沂市最西北的合沟镇，是一个地道的农民。她八个月大时，父亲就去世了。七岁时，母亲又丢下她离开了人间。十四岁时，她的祖父去世，再一次给她打击。十五岁嫁夫，组成了一个平凡而温情的家庭，原指望日子由此变好，命运却并没有停止对这个善良农妇的残忍捉弄，她第一个儿子在九岁时又溺水而亡……但是，生活在贫困中的王桂英却在剪纸中找到了一个美好、自由、安详的世界。

王桂英的父亲是木匠，会刻花，童年的王桂英就按着父亲留下来的这些花开始了剪纸。她十五六岁时，剪的花已经很出色了。结婚不久，生活困难，一日三餐都成问题，她不得不用自己剪的纸花来换点钱。王桂英在日常繁重的田野劳作和操持家务之余，用她的神来之剪记录一个普通农家妇女的日常生活，她作品的风格也由此趋向淳朴豪放、视野开阔、题材广泛，她的创作也日臻化境。

王桂英总是敏感地发现生活的细节，并提取到她的剪纸中，让人们感受到周围的一切都是那么的鲜活，如《挖荠菜》《扯电线》《打水泥板》《晃香油》《上坟》等。王桂英说："我拿纸铰铰，虽说随便，粗拉拉的，可我脑子里从来没有离开那庄户人干活儿的架势。"正因与现实生活息息相关，她的剪纸才有一种感人的生命力。那种跃然纸上喷薄而出的原创性，那种来自当下现实生活的令人激动的生命力，那种与生俱来的对传统艺术的把握和对现代艺术形式直觉而天才地运用，那种亲切可触的生活内容，那种不合理法却又独具的人情味，都时刻给人以强烈的视觉冲击和心灵震撼。

王桂英不懂得美学，也不懂得绘画规则，所有在艺术院校和课本里所追寻的游戏规则她一概不知。正因如此，从她剪纸中流出的，才是最质朴的、最本真的，是一种来自原生态的艺术。王桂英的剪纸不受时间和空间的局限，有时会大面积地空白，有时会在大面积的色块中不着一剪，有时又出其不意地在大面积的色块中镂出一些灵性的物像，阴阳之间的转换相当自如，非常自由旷达，和人们经常学画的有固定视点的画是完全不一样的。整体来看，王桂英的剪纸非常粗犷、洗练，但同时又有很精细的刻画，特别是在人物造型上，大都是从侧面入画，通过服饰和头发等来表现人物的喜怒哀乐和日常做派，给人一种身临其境之感。她的剪纸画面还很有动感，把一个动作分解成若干个瞬间，然后把它连续排列在画面上，比如像剪《打水泥板》，她在画面处理上，就有很多纵向排列和横向排列的线条，像剪《扯电线》，就是现代生活中的物像在画面中的直接反映。她认为："一张单色的剪纸，光剪出模样不行，还得有大小空当的变化，要不，平塌塌的没看头。"

王桂英用剪刀讲述她的人生经历，记录时代的变迁，剪出她对改变了她命运的共产党的由衷感激，剪出她生命的阳光。为了报答关注她的人们和关心她的社会，她经常深入学校、乡村、城市，向人们传授她的纸艺剪法。她说，她已经年逾古稀，要多教几个人，把这个手艺传下去。在她的带动下，她所在的地方形成了村村有剪纸艺人、校校有剪纸班级的可喜局面。

（2014 年 10 月）

醉心牡丹绘天香

牡丹雍容华贵，姿色艳丽，被誉为“国色天香”“花中之王”，不仅备受历代诗人青睐，留下“国色朝酣酒，天香夜染衣”等名句广为传颂，而且也成为历代画家喜爱的绘画题材，涌现出众多善画牡丹、风格独具的名家，成为中国画坛的一道独特景观。近年来活跃画坛的青年画家、江苏省新沂市第五中学教师冯遵阳，以其娴熟的技巧、清新的画风、形神兼备的画艺、卓尔不群的风格引起了人们的广泛关注。

冯遵阳，1970 年出生于苏北邳州乡村，自幼酷爱中国传统书画艺术。他从临习《芥子园画谱》入手，学习用笔、写形、构图等多方面的技巧，及至学有小进，便心摹手追历代名家，八大山人、倪云林、恽寿平等大家画作都是他的案头“常客”。十七岁考入江苏运河师范美术专业，后又考入西南大学美术学院，两次院校深造，再加上遍访名师，使他在绘画、做人等方面都有了质的飞跃。

在绘画创作中，冯遵阳遵循“外师造化，中得心源”的思想，注重师法传统、效法古人，同时深谙“笔墨当随时代”的理念，不断脱古创新，每画一幅画都精雕细琢，不放过任何一个细节，从构图到造型，从用笔到设色，都力求完美，把画的表现方法融于中国画的笔墨情趣之中，逐步形成了用笔工整严谨、用墨浓淡相宜、用色富丽鲜明，于写实中有变幻，飘逸与古拙、清新与厚实共存的艺术风格。

学有所成，须学有专攻。“唯有牡丹真国色”，冯遵阳根据自己的禀赋和喜好，毅然选择了主攻牡丹。为了去媚去俗彰显牡丹真精神，他深入研习徐青藤、任伯年、吴昌硕、齐白石、王雪涛等前辈大师笔下的各种牡丹作品，探究其精神内涵，并长期浸润在中国的古典诗词之中，从传统根系中汲取营养，使他的画逐渐摆脱了纯技法表现而带来的匠气，具有了文人画的内涵和诗境。

一手伸向传统，一手伸向自然。为了真切体验牡丹神韵，冯遵阳工作之余还先后多次去“牡丹之乡”菏泽、洛阳等地，用自己的真情去感受、体味牡丹之魂，从牡丹的发芽到抽枝，从牡丹的含苞到绽放，他都认真观察，一丝不苟，逐渐掌握了牡丹生长的规律，从而达到熟其性、取其形、知其神。他善于运用巧妙的笔法画技，细心灵活地经营画面，以多种多样的重叠掩映和变化，使其穿插组合、花冠聚散、枝叶配置，均能做到宾主呼应、聚散分明、取势得当，并充分发挥水、墨、纸的特性，以水法驾驭笔墨，以笔墨控制造型，以酣畅淋漓的色彩绘写花姿，以浓淡变化的水墨绘写花叶，以挺劲有力的笔锋绘写枝干，于笔墨中求气韵、求风度、求神采，形成点、线、面纵横交响的丰富效果，使画面艳而不俗、沉而不浮，既保持了中国写意画的传统神韵，又散发出生动鲜活的现代意味。

“数苞仙艳火中出，一片异香天上来。”冯遵阳认为画牡丹不能光重形似，而应将其视作有生命的活体，要把自己的感触融入画中。他的不少作品都是绘写牡丹在春风、春天、春季里，或三五弄影、风姿绰约，或群芳聚会、相映成趣，或窗前月下、伴读诗书，或挺立枝头、如荷出水，并根据画面需要，配以兰草、竹石、禽鸟、蜂蝶等，搭物成章，以不同的姿势、姿色、姿态，向人们传递美的气息。读他的牡丹画作，无论是一瓣花、一片叶、一丝蕊、一颗芽、一株蕾、一滴露、一只蝶，都各有各的灵性，各有各的神韵，触手可及，呼之欲出；品他的牡丹画作，扑面而来的是一股挡不住的浩荡春风，似乎每一片叶、每一朵花，都在散发着无穷的美感和旺盛的活力，令人回味无穷，赏心悦目，爱不释卷。

“春来谁作韶华主，总领群芳是牡丹。”多年的笔墨实践使冯遵阳的牡丹绘画技艺不断娴熟精湛，不论宏幅画制还是尺牍小品，都包含着传统功力和自然生机，他还多次通过爱心赈灾义卖等活动以自己的作品回报社会、服务大众，用个人的灵感和才华抒发对美好的追求，用手中的画笔描绘时代的风貌，让人品和画品相融，让心灵与墨韵和谐，使人感受到画面传达出来的积极向上的气度、生生不息的精神和欢乐祥和的美好。

茫茫艺海，永无止境。如今的冯遵阳先后有近百幅国画作品在全国、省、市各类比赛中获奖，有近三十幅作品在《羲之书画报》等各类专业报刊上发表，有二十多幅作品在国内外展出或被收藏，新华网、新浪网、江苏教育新闻网等五十多家媒体对他作专题介绍。面对众多成绩和荣誉，冯遵阳却处之淡然，始终保持着朴实、平和、谦逊、爽朗、乐观的性格特质，一直认认真真作画、老老实实做人，以一支生花妙笔，描绘着牡丹清新明丽的生命情态，用一片赤子之心，点染着牡丹高贵典雅的圣洁灵魂。

（原载 2015 年 10 月 29 日第 1196 期《新沂市报》）

平凡人的奉献

庚子之春，新冠疫情袭来，两个儿子，一个是医生，一个是军人，同时逆行武汉；作为父亲、家人，他倾力支持，默默奉献，以普通人的平凡书写了一曲不平凡的抗疫战歌，他就是江苏省徐州市新沂市马陵山镇中心小学教师訾中民。

今年五十五岁的訾中民有两个儿子，老大叫訾野，老二叫訾靖超，訾中民一贯注重家教、家风，在孩子幼小的时候，就以“訾氏男儿多从戎”的光荣家风教育孩子，并经常利用周末、节假日带孩子们走进马陵山宿北大战纪念碑亭等红色景点，从小在孩子的心灵里种下美好的种子。长大后，訾野大学毕业成为淮安市第三人民医院的一名精神科医生，訾靖超参军入伍成为东部战区总医院后勤供应科的一名军人，并先后入了党、立了功。

良好的家教、家风让訾中民的孩子不论到哪里都行得端、走得正。目前，訾家共有九位成员，其中三位是学龄前儿童，成人中有五位都有一个共同的名字——共产党员。为了进一步促进孩子们健康成长，訾中民建了一个被孩子们称为“老訾家支委会”的微信群，平时一遇家庭大事或重要节日都要定期召开“民主生活会”，开展传统教育，强化思想洗礼，鼓励孩子们争做一个对国家、社会有用的人。

国有难，吾心伤。武汉疫情暴发后，身为军人的訾靖超第一时间向党组织递交了请战书。2月2日，他成为第一批驰援武汉的逆行战士。连续七天，他带领保障人员冲在火神山医院一线，打扫建筑、生活垃圾。此外，他还主动加入医疗辅助工作序列，穿上厚重的防护服，进入“红区”，与疫魔争夺鲜活的生命。两个病区，一百张床位，他每天往返至少要走两万步，装卸的机械设备和保障物资更是重达五六吨，“白加黑”的工作模式让他三十六个小时没合眼，因疲劳过度，竟斜靠一面墙站着睡着了，成为抗疫战场上的“站睡英雄”，感动了无数人。

訾靖超的坚守鼓舞着身边的战友，更鼓舞着哥哥訾野。2月24日，作为医生的訾野也主动请缨，成为江苏省第十一批援助武汉医疗救援队的一员。在武汉疫区，訾野不停地在医院内奔走巡视，同心理医疗队其他成员一道运用扎实的专业知识，为医院内需要帮助的病患、医务人员提供心理检查、心理干预和支持辅导，先后为东西湖方舱医院里的一千余名患者和其他医务人员进行了心理保驾护航。

身处疫区的每个人生命随时都面临着危险！两个儿子同赴抗疫一线，作为父母自然少不了担忧，但作为老党员的訾中民，始终对孩子们的做法全力支持，他在得知两个孩子先后请战上前线的时候，在微信群中鼓励孩子们说：“国家有难，身为军人和医务工作者，特别是作为一名共产党员，一定不能辜负党和人民的培养，勇往直前地帮助那些需要帮助的人。”两个孩子在武汉并肩战疫时，他在手机中深情地为兄弟俩演唱了一首《热泪颂》，支持两个孩子的壮举。

孩子们在前方与死神搏斗，后方家中也不轻松，除了做好日常防疫，訾中民夫妇对线上教学等学校本职工作从不含糊。此外，两个儿子家的孩子要带、年迈体弱的老母亲要照顾、临产的二儿媳妇要服侍……千斤重担全都落在訾中民夫妇身上，但訾中民对孩子们从来都是“报喜不报忧”，始终让孩子们安心工作、全力战疫，想方设法解除孩子们的后顾之忧……

疫情时刻，訾中民和他的孩子们舍小家为大家，义无反顾地投入到疫情防控阻击战中，用自己的一腔热血和赤诚守护了身后的万家灯火，以实际行动诠释了一名共产党员的初心和使命，两个孩子先后受到所在部队和地方的嘉奖，2020 年 5 月，訾中民家庭被省妇联隆重表彰为江苏省抗疫“最美家庭”。

（原载 2020 年 9 月 26 日第 1917 期《新沂市报》）

走近苍老

不到五十岁的我走在大街上，经常有人问我“退休了吗”；晚上到公园散步，不时有六七十岁的老人喊我“大哥”；四十多岁的营业员见面都称我“大叔”，每当此时，我心里都“咯噔”一下，心脏几乎缺氧，我的相貌究竟咋了？赶紧跑到镜子前仔细端详，但见镜中之人，面色憔悴，皱纹凸显，满鬓白发，不苟言笑，竟真没有一点能让人找到“小”的感觉，那些“白”“嫩”“美”等形容词都巧妙地、远远地避开了我，一个新时代的老人形象呼之欲出。

苦笑过后，继而心酸，慌乱莫名。时间好不经用，几十年时间，犹如白驹过隙，弹指一挥间，还没来得及品尝岁月的咸、淡、酸、甜，脸上越来越纵横厚实的皱纹和头上越来越稀疏斑驳的白发就不知不觉爬满了岁月的枝头，刻进了生命的年轮。当年那个虽不帅气却颇多文气的年轻小伙怎的连影子都没了半分？这，真的是我吗？

正当我被岁月、沧桑、年龄、人生等问题困扰、惶惶不可终日时，我遇到了我初中时的班主任张老师。近三十年没见，张老师在我的记忆里，始终是那个风华正茂、意气风发的精壮中年模样，他的健谈、他的充满磁性的声音始终响在耳畔。我当然知道他这些年一定也老了。但当在大街上猛然见到一个白发苍苍、牙齿也掉了一颗的老头儿时，还是让我瞬间泪崩。幸而老师身体还好，声音依然洪亮、富有磁性，只是走路有些迟缓。他笑着握住我的手，跟我说，你也变了，变成熟了。我知道，老师是没好意思说我变“老”了。

寒暄过后，我们走到街边长椅上坐下来，抚今追昔，畅叙别情……

老师年轻时很苦，家在农村，爱人无工作，要种地，还要管我们一班四五十个熊孩子。他说，那时他经常忙得一天只吃一顿饭，冬天有时饭里还带着冰碴，晚上经常工作到一两点，坐在椅子上就睡着了，一睁眼天已大亮。后来他转行从政，在城乡机关都待过，尤其在乡镇，杂事多，任务重，起早贪黑，连家都顾不上。但现在都好了。他退休金蛮高，孩子们也有出息。他每天写字、画画、上网、写作、打太极、为邻家小孩义务辅导功课，忙得不亦乐乎。我由衷地为老师今天的日子感到高兴。

不知不觉、自然而然就谈到岁月、年龄、沧桑等话题。我跟他讲了自己未老先衰的烦恼和纠结。他说，不要责怪岁月的残忍，也不要抱怨时光的无情，时间是公平、公正的，它如长者，每天都伸出二十四个手指，拂过每个人的脸庞；它似流水，悄无声息地淌过每个生命的渠沟，卷走青春，卷走年华，从不会为谁停留。在时光的渡口，你我皆是过客。老，是人生的常态。你的七姑八姨，你的左邻右舍，你的同事同学，哪一个不是这样一天天苍老下去的呢？

人生一世，草木一秋，岁月是挡不住的。不少人想用化妆品、染发剂来掩盖面目真相，但终究纸是包不住火的、黑是掩盖不了白的，不管用何种神力，都无法阻挡住岁月的侵袭！你看那些被称为不老女神的影视明星，六十好几的年龄，一副少女装扮，一张天使脸，美得不可方物，可衣领之下隐约透露的仍是被岁月击中的秋色。你看那些热搜里美上天的网红女明星、朋友圈里好看到认不出的美颜脸，卸下妆、走出屏幕也多惨不忍睹。这些星光耀眼的明星都有着任何高档化妆品也遮盖不住的忧伤，何况我们这些平凡之人呢？

人生在世，家家有本难念的经，人人都有难唱的曲，尤其是成年人的世界，除了变老，还真没有什么是容易的。你看那打工小哥披星戴月、马不停蹄，微薄工资不够房租、生活费，哭过无数次却依然在坚持，那是他不想输、没办法！你看那餐馆小老板，为了每月的房贷、车贷、奶粉钱、教育费，每天连和家人聚餐的时间都没有！你看那公司小职员，在单位是顶梁柱，在家又上有老下有小，哪个肩上不默默担着一片天呢？在不易中，我们的脸庞被汗水反复腌渍，我们的乌发被风雨不停搓洗，人，也就在这些时光的磨砺中，一天天苍老、衰弱……

生老病死，乃人生不可避免之事；历经沧桑，是每个生命过程不可逾越的海洋，但容颜沧桑不可怕，心，一定不能沧桑。老师喝了口水接着说。在学校时，他正值青年，教书育人，孜孜不倦；在机关里，他适逢盛年，扎实敬业，不贪不占；在退休后，他步入老年，发挥余热，丰富生活。不论青年时代还是银发年月，他心里都始终踏实、充实，这是为什么？就因为他的心从来没有随着年龄的增长而苍老。每当皱纹在脸上又增加一条时，每当白发在头上又生出一根时，他都把那些皱纹和白发当作和生活激战后岁月奖励给他的一枚枚勋章！

老师最后说，不要埋怨人生的多舛，也不要哀叹老态的不堪，其实人生不论哪个阶段，都有各自的风采，青春、年轻是一种美丽，苍老、沧桑也是一道风光。一堵古墙、一条老街、一座老屋、一张老照片、一首旧情歌、一句曾经意蕴深长的语言，都是岁月赠予的沧桑之美。苍老既来，冷静待之。白发在岁月里叹息又怎样？皱纹在沧桑中爬行又何妨？与其悲悲戚戚地杞人忧天，不如快快乐乐地过好当下。只要胸怀初心，珍惜每一缕阳光，把握每一次机会，善待每一个人，用心丈量每一寸光阴，踏实奔走，不负韶华，便是生命最美的印记。只要刻骨铭心地爱过，无怨无悔地付出过，即使像小草那样寂寞地生长，生命也会有自己的光芒。

老师的一席话犹如醍醐灌顶，让我如梦方醒，我对自己的苍老、沧桑不再耿耿于怀，虽然我只是一个普通得不能再普通的小人物，没有雄厚的财富，没有超卓的才能，但我在走过的岁月里，对家人、对工作不抛弃、不放弃，对自己、对人生不雕琢、不粉饰，爱过，付出过，扛起了责任，对得住自己，为世界变好出过力，也让爱的人过得还不错，那点沧桑老态又算得了什么呢！余生很贵，来日并不方长，趁着时光正好，且行且珍惜，走好自己的路，让别人去说吧。

（原载 2019 年 10 月 15 日第 1776 期《新沂市报》）

坦诚的刘昆

东汉光武帝时期，陈留东昏人刘昆在当江陵县令时，发生了一件奇事。那一年县里突发火灾，不一会儿风助火势，烈焰腾空。刘昆闻讯后赶赴现场，看到火势愈来愈猛，心里惦念着百姓安危，便不由自主地对着大火磕头，没想到忽然天降大雨，不一会儿，大火就熄灭了，一场灾难很快得到化解。

后来朝廷又调他为弘农太守。弘农郡地处晋豫陕之间，北临黄河。当地猛虎横行，经常在乡间和道路上吃人，旅客都不敢经过。刘昆在弘农当政三年，施行德政，爱民如子，郡中教化大行。这时又出现了一桩奇事，“虎皆负子渡河”，当地老虎都背着虎崽，渡过黄河，到别的地方去了，弘农郡中恢复了平静，百姓安居乐业。

这两件怪事在民间和官场都被传得沸沸扬扬，刘昆被大家看作下凡的“圣人”。光武帝听说后，便招他入宫询问。刘昆苦笑道：“这纯粹是偶然的巧合啊。发生大火的那天，天空早有乌云，只是迟迟不下雨，臣一时心急，就跪地祷告。弘农郡的老虎外逃是因为当地百姓长期伐林垦荒，导致栖息地大量减少，再加上当地人对它们围追猎杀，老虎只好外逃，而小臣恰好那时在任罢了。”光武帝恍然大悟，称赞刘昆是个诚实的人。

刘昆回家后，弟弟不停地埋怨他：“糊涂啊！你何不乘机在陛下面前将自己鼓吹一番，借此博得赏识和更高的职位呢？

你偏说自损的实话！”刘昆正色道：“如果有一天陛下叫我再用此法去灭火、驱虎，我该怎么办？一旦露馅，陛下定然不悦，然后降罪于我！拿偶然之事、吹嘘之言炒作自己，必将招致祸患啊！”

忠诚老实、坚守道义，是中华民族优秀文化的精髓，是全人类共同崇尚的优秀品质。天下大事必作于细，古今事业必成于实。东汉的刘昆，虽然没有把握住国家给他的升迁好机会，但他的名字却因此永载史册；尽管他救火的方法并不可取，可他诚实不浮夸的工作作风，就是在近两千年后的今天，也令我们汗颜不已。

（原载 2016 年 6 月 14 日第 1289 期《新沂市报》）

第六辑

牧笛短歌

面对党旗

你从迷蒙中走来，在南湖的红船上庄严开剪。

井冈铸锻的金锤和秋收磨炼的银镰，构成世界上最坚最美的图案，映着光明嵌入你血染的胸怀。举起手臂就感受到你的庄严了。前进中，中华儿女获得了强大的力量和正确的航向。

依偎在你温暖的怀抱，我们油然而生幸福和骄傲，血管里流淌着豪气，胸膛里激荡着热情。沐浴着你历经风雨考验的猎猎威严，我们将以不同的生命态势，把汗水洒进职责。

（原载 1996 年 7 月 1 日第 568 期《新沂市报》）

春天组歌

花　蕾

积蓄了一个冬天的精华，此时此刻，她的夙愿终于溢出饱满的颗粒，簇拥着挤上枝头。

沐浴着和煦的春风，她精神焕发：哪怕花期再短，我也要开放。

开放是一种光荣的实现。

春　笋

鹅黄的尖顶下是稚嫩的生命包孕着的一个令人振奋的童话。

春笋，漫山遍野站立起来。咬定足下一方瘠土，用微不足道的身躯点缀着这片土地。

也许，这个信念来自一个冬季。也许，正因为经受了太多的苦难和艰辛，这份信念才更坚贞不渝。

渔　歌

碧绿的湖水，推搡着，从渔家的心上流过。暮归时，一缕晚霞，染红了满湖渔歌。

摇船的渔人，在笑。笑什么呢？是不是春日的湖水甜透了心窝？

不，看看渔人那红透的脸膛，听听渔家那醉人的渔歌，你就会明白许多。那满满的一舱收成哟，沉甸甸，压碎了渔家心头激动的浪波。

春 耕

橘红的朝霞抹掉了满天晨星，清脆的鸡啼把寂寞村庄唤醒。

碧野上，牛鞭脆响，田地里，农机轰鸣，铁犁儿亮闪闪翻动着土花，农家人笑呵呵耕耘着黎明。

翻过严冬的冷漠，犁开春天的憧憬。撒进殷切的希望，播种金色的收成。

一轮喷薄向上的红日，给农家的理想系上金色的缆绳。

（原载 1998 年 2 月 16 日第 818 期《新沂市报》）

与旭日同升

也许你已经默默地跋涉很久了，在那条布满卵石的小路上。但你并不在意这条崎岖的小路多么漫长，你只知道它是通往旭日升起的地方，并且最终会将你化成这条小路上的一颗石子。

走进教室，面对着黑板，背朝着孩子们，老师，你就成了朱自清先生的《背影》了。你雕塑般的手指捏着粉笔，像流星划过天际，为孩子们刷出一条条璀璨夺目的跑道，又像是银色的钥匙，为孩子们开启一座座智慧之门。

那一把板刷制造出纷纷扬扬的雪花，落在你头上，渐渐使你的乌发褪色、变灰、花白，成为银丝。在孩子眼中，这就是雪白的浪花，这就是耐寒的雪莲，这就是导航的白帆。

你虽然不是牧人，但手上却握有牧鞭，在黑色的草原上放牧着骏马、牛羊，也放牧着孩子们的理想与希望。望着你挥舞牧鞭的姿势，怎不让人想起草原上的套马杆，想起毛泽东的诗句？真的，你不就是“数风流人物”吗？

在孩子们眼中，教室是一条渡船，书本就是船桨。你就是行船的摆渡者，正把一批批年轻合格的建设者送往希望的彼岸。

你额角的汗水一滴滴滚落下来，洒过了春夏，洒过了秋冬。蓦然回首时，在无限的坦然和欣慰里也存着一份辛酸和疲惫。于是，当你抬起头来，面对那红彤彤金灿灿的正在冉冉升起的旭日时，无论多少烦恼、惆怅和失落都会在顷刻因那旭日的光辉而烟消云散。连你自己都深感诧异——你的双手正在将旭日高高托起。

岁月如歌，涓涓流淌，你也曾有过美丽的童年时光，于是你总能找到通往孩子心田的路径，播撒真、善、美的火种，仿佛你的心与孩子们的心相通。你无暇品味劳累的滋味，更无心考虑得失几多，你只知道日复一日年复一年地用你的全部爱心和满腔热忱，为一批又一批雏鹰插上理想的翅膀，送他们到万里长空翱翔。

汗水滴滴，脚步匆匆，你依然坚定地走在那条布满卵石的小路上。你的心情是明朗欢乐的，因为有那么多清泉般澄澈的眼睛，一直在漫长的岁月里闪烁着真诚；有那么多充满稚气的面孔，总是在无眠的静夜里亮成七色的灯。无论你怎样为生活奔波忙碌，也无论你怎样风尘仆仆，你都无法不在生命流逝的某一瞬间，在拥有阳光一样温暖和安宁的美丽时刻，让你的心灵为冉冉升起的耀眼光辉而深深感动，让你的血脉随着那展翅的雏鹰跳个不停，因为你宁愿化作一颗石子，用整个生命与旭日同升。

（原载 1999 年 8 月 27 日《关心下一代周报》）

梅　颂

我心灵的窗前，总绽放着朵朵清幽的梅。梅啊，你是我一生的挚爱。

你是百花中开得最勇敢的花。在严寒的冬日，在大地还是冰雪覆盖的时候，在他花还在畏冷沉睡的时候，在世界还是孤单寂寞的时候，你开了。你静静地开，无论哪朵花上也看不出你有饱经风寒和飞雪凌虐后的丝毫骄傲或点滴无奈。你淡淡地开，无声地把报春的馨香悄悄洒满人间。

你是百花中开得最朴素的花。你不喜他花之艳而独钟自己的质朴，不慕春天之润而固守冬日的荒凉。大自然最简约枯燥的时候，就是你开得最生动壮丽的时候。你不要绿叶相扶，默默地以自己的清雅装点大自然的美丽，将顽强的生命足迹延伸到荒芜的冬日深处。

你是百花中开得最动人的花。你，开也不浮不躁，落也无声无息，却总是那样清新动人。你总爱在人们最单调寂寞的冬日里，描绘出一幅亮丽的童话世界，让世界改变模样，使世界充满生机；你总爱在红花绿叶弥足珍贵的季节里，给人以意外的惊喜，唤醒芸芸众生的颗颗童心。

你是百花中开得最广袤的花。你开在唐诗宋词的朗朗韵律中，开在名人志士的博大胸怀里；开在难以计数的精美书画中，开在每年一度的通红春联里。

你是百花中开得最含蓄的花。你开在冬春之交，“独先天下而春”，有报春花之美誉；你因历岁寒而先春，遂与松、竹被人们并称为“岁寒三友”；你因傲霜挺立，凌寒绽放，人们又把你与兰、竹、菊并称为“四君子”。可你从不居功自傲、盛气凌人，依然保持一种宁静淡泊的风骨。你坚韧不拔的高尚品格、傲雪而开的勇敢精神，已深深绽放进中华民族的精髓里，每位炎黄子孙的血液中都流淌着你不屈不挠的铮铮骨气……

我为我的血液里流淌着你的精神而感到由衷的自豪和骄傲。

（原载2000年2月28日第1期《新沂教育》）

春　歌

春风，是春的使者。她温柔、轻润、暖和、细腻，情真意切，随心所欲，把沉睡了一冬的大地吹醒，送给人们一个微风吹拂的春。

春雨，是春的心泉。她晶莹、剔透、温馨、甜润，如缕如丝，珍贵如玉，把沉睡了一冬的大地浴醒，送给人们一个舒爽宜人的春。

春草，是春的绒衣。她柔软、鲜嫩、茁壮、碧绿，生机勃勃，活力四射，把沉睡了一冬的大地萌醒，送给人们一个油绿鲜亮的春。

春花，是春的丽饰。她鲜艳、娇美、芳香、灿烂，热情奔放，争奇斗艳，把沉睡了一冬的大地绽醒，送给人们一个五彩缤纷的春。

春鸟，是春的精灵。她活泼、优雅、欢快、热情，歌喉婉转，舞姿轻盈，把沉睡了一冬的大地唤醒，送给人们一个朝气蓬勃的春。

春虫，是春的宠物。她轻盈、乐观、勤奋、顽皮，无拘无束，身巧声美，把沉睡了一冬的大地鸣醒，送给人们一个轻灵和悦的春。

春阳，是春的暖炉。她热心、慈祥、温暖、体贴，热情大方，不计报酬，把沉睡了一冬的大地照醒，送给人们一个温和舒畅的春。

春树，是春的秀发。她舒展、昂扬、嫩绿、妩媚，风度翩翩，英俊洒脱，把沉睡了一冬的大地摇醒，送给人们一个潇洒多姿的春。

春风染绿春草，春雨润开春花，春阳抚鸣春虫，春鸟唤醒春树。春风，春雨，春草，春花，春鸟，春虫，春阳、春树，谱成一曲和谐动人的春歌。

春歌嘹亮，奏得春天的人们精神抖擞，热情洋溢。春到校园，学子们勤学苦读，茁壮向上。春到工厂，工人们锐意创新，斗志昂扬。春到农家，农民们夯实基础，抢播希望。春到军营，军人们苦练本领，身强心壮。

春像个调色盘，五颜六色，绚丽多彩。春像个音乐盒，佳音协奏，令人神往。春像个娇娃娃，浑身洋溢着盎然的生机。春像个靓姑娘，全身充满着青春的希望。

（原载 2016 年 4 月 12 日第 1264 期《新沂市报》）

长　征

二十世纪三十年代的一个秋天，一位高大的诗人用他的如椽巨笔，在茫茫水草地、巍巍大雪山画了一条踽踽独行的龙。那是一条什么样的龙啊，一身疲惫，一身伤痕，一身忧患，一身征尘，步履沉重，蜿蜿蜒蜒。但就是这样一条龙，也一样有着龙的性格、龙的气质、龙的精魂，也一样无所畏惧、一往无前。脚步蹒跚，那是因为他肩负着历史的重任。一往无前，那是因为他心中有着定能腾飞的信念。

就是这样一条龙，为着一个追求，怀着一个信念，吃着草根，啃着树皮，穿着草鞋，栉风沐雨，在血与火中，在饥饿、寒冷、疾病中，走啊，走啊，不停地走，走过中国版图上漫漫十几个省。雪山巍巍，那是他坚强意志的注解。草地无边，那是他博大胸怀的体现。这一走，就仿佛走了二万五千年。这一走，就扎实走了二万五千里……

终于，历史把这一切定格在了水草地、大雪山。这一定格，竟成了一道举世闻名的风景线。于是，长征不再只是一页历史。这一段龙的传说啊，也不再是寓言。

这龙的血液渗入脚下的大雪山，大雪山，就成了一座耸入云天、洁白无瑕的丰碑。这丰碑上雕琢着陷进泥潭的同志手握的最后的党费，这丰碑上铭刻着滑下雪谷的战士发出的最后的呼声，这丰碑上盘旋着望断曲曲折折六盘山的南飞雁，这丰碑上辉映着金色鱼钩钓起的水草地上最美的灿烂。

这龙的血液融进茫茫水草地，水草地，就洗练成一卷舒卷不尽的诗篇。这诗篇上盛开着金沙江最湍急滩头的索玛花，这诗篇上盛开着腊子口最险峻山巅的红杜鹃，这诗篇上回荡着雪山脚下最冷岩石上奏响的冲锋号，这诗篇上回荡着最残酷年代华夏儿女渴求光明的不竭呐喊……

这条龙，不停地走啊走，他的足迹深深地印在中华地图上，印在中国历史上，印在人民心坎上。这条龙，不停地走啊走，走成了一部播撒革命火种的播种机，走成了一支鼓舞革命志气的宣传队，走成了一辆奋勇向前、势不可挡的红色列车，走成了一座中华民族永远的精神长城。

（原载 2016 年 8 月 9 日第 1313 期《新沂市报》）

走进金秋

金秋，每一页日历都张着一个美丽的画框，每一个日子都招着一双热情的小手，在等待着，等待我们这群朝气阳光的华夏少年走进她的每一个火红的日子，成为她的每一个画框的主角，成为她每一个日子的客人、朋友和主人……

随着雄鸡仰天啼响的第一声欢歌，我们走进金秋秀美的树林——采起一颗颗香甜的野果，捧起一只只快乐的秋虫，掬起一串串晶莹的露珠，捡起一声声动人的鸟啼……用一组组大自然孩子质朴活泼的形象，走进金秋生活的画幅。

随着秋雁在蓝天旋起的第一组舞姿，我们走进金秋丰硕的田野——穿越一片片籽实饱满的玉米林，走过一畦畦禾穗金黄的稻田地，拜访一棵棵枝头弯弯的苹果树，守护一方方流着油香的芝麻园……用一组组未来劳动者的勤劳身影，走进金秋生活的画面。

随着电铃响起的第一缕号音，我们走进金秋缤纷的校园——在教室里吸取知识，在树荫下掰直问号，在实验中破解迷津，在电脑上访问科技，在稿纸上写下畅想，在台灯下记录收获……用一组组求知进取的少年身形，走进金秋生活的画框。

随着歌声、书声和掌声在金秋奏起的第一章乐声，我们走进金秋教师的节日——点上燃烧的红烛，擎上美丽的花环，奉上真诚的敬礼，献上火热的祝福，敬上优异的成绩，赠上远大的理想……用一组组尊师向上的茁壮身姿，走进金秋生活的画卷。

金秋，天空湛蓝，旭日火红，田野飘香，校园放歌。我们这群朝气阳光的华夏少年，手拉着手，心连着心，走进金秋。

（原载 2016 年 9 月 13 日第 1328 期《新沂市报》）

你是一名建筑工人

你是一名建筑工人，一名普通的建筑工人。你远离家乡，阔别亲人，以燃烧的激情为人们构筑温暖和幸福；你头顶蓝天，脚踏绿土，用勤劳的双手为城乡谱写繁荣与振兴……

你是一名建筑工人，一名普通的建筑工人。建万千大厦打造生活宏伟，是你心中追求的美好目标；让千家万户享受安居之福，是你引为骄傲的最大理想。年年岁岁，你转战南北、敬业爱岗，将抱负粘在每块砖瓦，将追求注入每幢楼房；岁岁年年，你头顶烈日、脚踩寒霜，用汗水搅拌每桶砂浆，用真情浇筑每根柱梁。烈日下，你挥汗如雨；寒风里，你神采飞扬。炎炎烈日晒黑了你的脸颊，却炙烤不焦你磐石般的顽强意志；凛冽寒风冻僵了你的双手，却凝结不住你火炬样的工作热情。一块块厚重的砖头磨破了你的手，你无所畏惧；一车车沉重的沙石压弯了你的腰，你从容面对。打桩、砌墙、灌注、置顶，一道道工序一丝不苟；镶嵌、挂板、喷涂、铺装，一项项工艺精益求精。在你的悉心操作中，一座座立交桥、一条条地铁线横空出世迎领着现代化的翠绿春风；在你的精心指挥下，一幢幢摩天楼、一片片居民苑拔地而起映射着新生活的灿烂阳光。

你是一名建筑工人，一名普通的建筑工人。座座插入云端的擎天大厦，凝聚着你无数心血汗水；处处清新高雅的花园别墅，蕴含着你无尽才智良方。你在春天中穿梭，与挖土机的轰鸣交响着天空最激越的晨曲；你在夏天中拼搏，与电弧焊的火花闪耀着城乡最美好的夜景。你在秋天金色的季节里，坚守岗位、披星戴月，用心血铸造凝固的历史；你在冬天冰冷的寒风中，战天斗地、迎雪傲霜，用智慧开辟立体的未来。是你，日复一日用火红的年华使层层高楼的斑斓灯火点亮了城乡夜空的静谧安详；是你，年复一年用顽强的毅力让座座小区的清雅环境折射出人居生活的幸福安康……你不是画家，却用辛勤和汗水渲染出世上最绚丽的图画；你不是诗人，却用坚韧与斗志吟诵出人间最动人的乐章。

你是一名建筑工人，一名普通的建筑工人。也许你一生漂泊如云，但你执着的精神将随风洒遍每一片广阔无垠的土地；也许你一世默默无闻，但你不歇的足音将时刻打动每一个华夏儿女的心扉。

（原载 2017 年 2 月 28 日第 1393 期《新沂市报》）

献给疫情一线的白衣天使

你是一名医务工作者，一名普通的医务工作者，在这冬春交替、年末岁首之时，在这本该举家团聚、感受初春幸福阳光之际，人类却遭受到新冠肺炎疫魔的威胁。在这人人谈新冠肺炎色变，人人远离新冠肺炎人群的危难时刻，是你，主动放下嗷嗷待哺的婴儿，含泪告别卧病在床的老人，毅然放弃阖家春节团圆之乐，穿上厚重的防护服，听从祖国的召唤，迈着坚定的步伐，向着人民最企盼的救命之地逆行而上，走向新型冠状病毒，鏖战新冠肺炎疫魔。

疫情就是命令，时间就是生命。伴着救护车灯光闪烁，随着警笛声急速啸叫，你去追寻呼救的呻吟，你去履行生命的承诺。哪里有新冠肺炎疫魔，哪里就有你焦急的双眸；你出现在哪里，哪里就有温暖的关爱。无影灯下，你为病人有条不紊地弹奏着生命的新曲；手术台上，你为病人争分夺秒地奏响着回春的乐章。一次次汗水湿透衣衫，一次次连续作战无眠，你如一片清纯的绿叶，在默默奉献中散发着博爱的芬芳；你像一朵素洁的花蕾，在倾情绽放中分泌着人道的清香。

越是危险袭来，越见责任担当；越是危急时刻，越显大爱无疆。厚重的防护装备遮住了你的面容，二十四小时不间断重复着一样的动作，你不停穿梭于病床与病床之间，悉心护理，精心呵护，使痊愈的步伐大大加速；你日夜忙碌在病人与病人之间，祛除疫魔，解除痛苦，使生命的灯火愈燃愈旺。你的手，像一块勤劳而神奇的土地，生命在这里成长，欢乐在这里栖息，绿色的希冀从这里展翅飞翔；你的手，像一块富饶而灵动的土地，微笑在这里绽放，爱心在这里萌发，枯黄的禾苗从这里焕发生机。

谁说你的工作平凡？你的工作连着呼吸和心跳。谁说你的生活枯燥？你的微笑在患者心中跳跃。谁说你的工作没有寒暑？你的心中春风荡漾。谁说你的生活不分昼夜？你的胸中阳光灿烂。你用青春，复苏凝固的思维；你用热血，点燃冷却的希望；你用真情，催开憔悴的花朵；你用执着，驱散生命的阴霾。

所有强大的精神都屹立于共克时艰的岁月里，所有可贵的品质都绽放在舍己为人的奉献中。多少个不眠的夜晚，你用执着和坚守，诠释着“爱的奉献”；多少次与死神擦肩，你用无畏和忘我，书写着“大医精诚”。页页整齐的病历记载着你的充实人生，张张康复的笑脸书写着你的厚重时光。你真挚的热情，燃亮一盏盏希望的灯火；你温暖的祝福，洒向一块块焦伤的心地；你不屈的精神，驱走一个个肆虐的瘟神；你执着的爱心，奏响一曲曲康健的歌谣。

我不知道你是谁，我却知道你为了谁。未着白衣时，你是家中支柱；换上白衣后，你就是先锋战士。国有征召慷慨行，民有呼唤不停歇。救死扶伤，弘扬人道，你是一名光荣的白衣天使；撵走死神，创造奇迹，你是一名神圣的白衣天使。在这场突如其来的灾难里，你勇毅逆行的形象，时刻在人们心中明亮；在这场没有硝烟的战争中，你无私奉献的精神，永远鼓舞人们健康向上！

春草蔓发，春山可望，没有攀越不过的险峰，更没有抵达不了的春天。病毒有尽时，君归终有期。黄沙百战穿金甲，不破楼兰终不还。唯愿你一切安好，待到山花烂漫时，我和我的祖国，青梅煮酒迎君归！

致敬，逆行的白衣天使！致敬，新时代最可爱的人！

（原载 2020 年 2 月 18 日第 1827 期《新沂市报》）

后 记

这是继2015年6月在凤凰出版社出版《洋槐花开》后的第二本散文随笔集。《洋槐花开》问世后，令我没想到的是，居然得到了社会上不同层面的一些读者的赞同与认可，我也很荣幸地被吸收为江苏省作家协会会员。这对我是莫大的鼓励和鞭策，也是出版这本集子的动力和源泉。

这部书稿，收集的大都是我近几年（截至2020年）的散文随笔，所有文章多在本地或外地的报纸杂志、网媒上发表过。这本集子由“亲情人间”“故乡风物”“书香盈心”“闲情逸趣”“人物写真”“牧笛短歌”六辑组成，其中有关于乡村故园的依恋、怀念，有关于似水年华的追忆、怅惘，还有关于亲情、友情、爱情的描述等。书名也和第一本散文随笔集《洋槐花开》一样以其中一篇文章名称定为《生命中最美的暖阳》。

文人是爱美的，爱美的文人心里头种着一院花，希望与别人共享芬芳。我把这些作品结集出版，有两个目的：一是孤芳自赏。选编这个集子的过程，也是我总结近年来创作成败的过程，是我抚摸那些匆匆忙忙的日子的过程，我希望这是一个新的起点。二是作为馈赠给我认识或不认识的朋友们的一份薄礼，当你在可以随意打发的一点时间里翻开这本集子的时候，你或许能听到一位苏北文人真实的灵魂和生命的浅唱。

对于本书的出版，虽然我诚惶诚恐反复斟酌修改，力求尽善尽美，但毕竟水平有限，书出版后，能有多少生命力，有多大的反响，这些都不敢奢望，如果有人无意中一翻，能够心有戚戚甚或心潮澎湃，那我就心满意足了。

在本书编辑出版过程中，得到诸多编辑老师、写作同人、亲友家人的帮助、支持和修改，在此一并表示衷心感谢。

王昂

2021年初夏于江苏新沂